KB044851

문학과지성 시인선 274

발아래
비의 눈들이 모여
나를
씻을 수 있다면

이찬 시집

문학과지성 시인선 274
발아래 비의 눈들이 모여 나를 씻을 수 있다면

펴낸날 / 2003년 6월 12일

지은이 / 이찬
펴낸이 / 채호기
펴낸곳 / (주)문학과지성사
등록번호 / 제10-918호(1993. 12. 16)

서울 마포구 서교동 363-12호 무원빌딩(121-838)
편집/ 338)7224~5 FAX 323)4180
영업/ 338)7222~3 FAX 338)7221
홈페이지/ www.moonji.com

ISBN 89-320-1424-8

문학과지성 시인선 274

발아래 비의 눈들이 모여 나를 씻을 수 있다면

이찬

2003

시인의 말

그는 시의 정신의 할머니의 누드다
잎 속의 검은 입을 만지고 싶었다
그러나 그곳은 죽음이다
나는 아직도 멀었다
여전히 살아 있다

2003년 봄
이찬

차례

▨ 시인의 말

어디를 원하니

혁명은 쓰러지고 아련한 육체만 남았다
비는 쓰러지고 구멍마다 흐르는 구름들

가을비 속에서 운다

가을비 내리자 온 세월이 따라 내린다
길 위로 길로 엎어져 걸었던 길
무수한 치욕들이 잔잔히 내린다 길 위로
길 사이사이로 젖어들며 잔잔히 따라온다
삶을 부를 수 없었던 나의 이름들이 비를 맞으며 운다
치욕마저도 삶이라고 부를 수 있는 날들이 온다면
삶은 치욕이었다고 치욕은 삶이었다고
유연히 주장할 수 있을까 가을비 내리며 걷는다
길가로 모여들며 경악스럽게 처박힐 하수구로 모여들며
쏴악쏴악 걷는다 저 물들의 어깨동무를 따라서
비 한가운데로 침투하여 서럽게 저들처럼 울 수 있다면
여름이 지나 온 가을날 앞에 한 점 부끄럼 없이
삶을 고백할 수 있을까 가을비 내리자 가을이
태연히 걸어와 어깨동무를 하며 울며 무너진다
메마른 마음들이 불안으로 모여들자 비는 쭉쭉
다리 세우고 달음질을 친다 결국 달려가서 끊을 오색 테이프
없더라도 이 지상을 흐르는 메마름의 그대 나의 이름에게
펑펑 솟구친 울음 던질 수만 있다면 가을비 내린다

모든 집과 집들을 껴안아 가을 속에서 운다
나의 이름들을 불러주지 않아도 가을 속을 걸으며
가을비 한가운데서 운다 펑펑 삶의 치욕들을 가을 하늘로
띄우며 운다 쭉쭉 발길 내닫는 가을비 앞으로

발아래 비의 눈들이 모여 나를 씻을 수 있다면

비의 눈들이 모여 옹기종기 모여 나의 구두 굽을 핥고
비의 눈들은 눈을 감았다가 동그랗게 뜨며 옷 속 실타래 사이로 침투한다
나는 나의 살갗은 비의 눈을 마주치며 전율한다 무엇이
비의 눈길 마주 보지 못하게 하는 것일까
젖지 못하는 것이다 온몸 비의 눈길 받아 소름끼치게 젖지 못한 것이다
발아래 옹기종기 모여 비의 눈들이 구두 굽과 마주쳐 흙탕물을 튕기면
냅다 비의 눈으로 주먹질을 해대고 싶어도 비 비는 땅과 나무와 모든 사물을
만나면 모든 것들 통통 뛰게 튀게 한다 난 통통 튀면서 팔랑거리지도
못하고 엉금엉금 비와 공기가 만나 생긴 불치병이 무서워
우산만 꺼낸다 우산만 꺼내어 비의 눈빛 바리케이드 친다
지금 이대로 비를 맞고 쓰러지긴 내 그리움의 질량은 너무 가볍기 때문이다
발아래 옹기종기 모여 간지럼 태우는 비의 눈 돌림이

버거우면
비의 추억 속으로 숨는다 깜깜한 미로 속으로 나를 디밀고
비의 눈짓 눈치 채지 못하는 나의 무감각의 정수리에다 네온의 빛살을 주사한다
아아 무너지는 비 이젠 비도 안경을 준비해야 하는지 내가 안경을 벗어야 하는지
비의 눈들 옹기종기 땅을 훑고 나면 땅은 폴폴 살아나고 아스팔트도
미끈하게 맨 얼굴을 치장하는데 비의 눈살 찌푸리게 만드는 어쭙잖은 사내
나의 정체는 무엇인가 아아 무너지는 사내의 어깨 비의 눈길 통통 내려앉아
옹기종기 모여앉아 그 찌든 세월의 먼지 깡그리 씻어낼 수 있는가
나는 내가 두렵다
나는 내가 아프다

할머니의 누드

할머니를 따라 옛날 텃밭에 갔습니다 삐죽이 솟은 옥수수들이 덜 익은 가슴을 달고 묵묵히 더위를 견디고 있습니다 바람은 온데간데없습니다 바스락거리는 콩잎들이 제 열매를 키우지 못해 반쯤은 쓰러졌습니다 할머니의 일흔여덟 생애마냥 콩잎들이 주름졌습니다 아니 얼굴이 파래졌습니다 할머니는 텃밭에 콩처럼 쭈그리고 앉아 쓰잘데없는 콩의 뿌리를 홱홱 뽑아버렸습니다 바쁜 손길 피해 무럭무럭 자라난 잡풀들도 제 생애를 마감합니다 한마디로 할머니의 고사 작전에 걸려들어 푸른 제 생애를 말리는 것입니다 들길 따라 오가는 사람은 볼 수가 없습니다 할머니가 밭 전부를 독차지한 것입니다 부끄럼도 없나 봅니다 햇살을 마주하며 윗저고리를 확 벗어버렸습니다 할머니의 쪼그라진 가슴이 탱탱 말라붙어 있습니다 할머니의 몸에서 아웅다웅거리던 살들이 모두 빠져나간 지 오래입니다 할아버지가 주던 그리움들이 길을 잃은 지 오십 년을 지났기 때문입니다 그래도 할머니는 텃밭에 가면 할머니의 옛집에 가면 할아버지를 담아 옵니다 가난한 뼈마디마다 전해져오는 할아버지에 대한 통증을 자랑스럽게 견디어옵니다 우리 살던 옛집 텃밭에 가서 할머니는 할아버지가 남긴 옥수수와

깨깨거리며 자라나는 깨들과 막 가을을 담는 배추 잎사귀와 무들과 무슨 사연들을 주고받는지도 모릅니다 한참이나 자리를 뜰 줄 모르고 배추마냥 땅바닥에 퍼질러 앉아 있으니까요 해가 뉘엿뉘엿 산을 넘어갑니다 해는 빨갛게 달아오르는 할머니의 그리움 싣고 저 멀리 할아버지의 묘를 한 바퀴 돌아 집으로 돌아가는 것입니다 할머니도 텃밭에서 집으로 돌아오면 땀방울이 송골송골 맺힌 사무침이 이젠 뼈로 앙상한 가난한 몸을 씻습니다 오늘 밤 오랜만에 할아버지를 맞기 위해서입니다 그리움으로 마른 젖무덤과 사무침으로 굽은 허리를 살짝 보여주기 위해 찬물을 들이붓습니다 뼈에 부딪히는 물들이 쨍그랑쨍그랑거립니다 오늘 밤 할머니는 완벽한 누드입니다 오늘 밤 할머니의 누드는 밤새도록 할아버지에게 소곤거릴 것입니다 정말입니다

할머니의 비녀

할머니는 이제 죽고 싶다고 한다 이 좋은 세상을 지고 있기엔 허리가 너무 구부정하다 머리카락도 듬성듬성 어디론가 빠져나가고 그마저 하얗게 바래가니 할머니는 죽음이 보이나 보다 그런데도 그 눈만은 살아 있어 아직은 죽음이 무서워할 것 같다 할머니는 얼마 남지 않은 머리카락을 쪼그라진 몸들을 은비녀로 잘 묶어왔다 마치 세상이 뭇 남정네들이 건드리기라도 할까 봐 비녀로 머리카락을 자신을 꼭꼭 묶어왔다 물론 할머니의 마음 한편이 할아버지만으로 묶여 있었는지도 모른다 그 마음들이 할아버지 곁으로 갈수록 할머니는 비녀로 머리카락을 꼬옥 여밀 줄 알았는데 난데없이 머리카락을 싹둑 잘라버렸다 엉성하게 잘라버린 것이다 미장원에라도 보낼걸 세련된 파마라도 해드릴걸 주위에서 쑤군거렸지만 할머니는 잘려나간 머리카락이 아쉽지 않다고 한다 마치 단발머리 소녀처럼 이 세상의 마지막을 견디고 싶어한다 이제 할머니는 비녀를 꽂지 않는다 할아버지에게 단정하게 여몄던 비녀를 풀어버리고 싶어한다 할머니는 한 사람에게 바친 순정을 싹둑 잘라 누군가에게 나눠 주고 싶어한다 할머니는 그 어린 할아버지를 까먹었는지 모른다 왜냐하면 아직 그의 곁에 누워 뼈라도 만져

보지 못했기 때문이다 할머니는 할아버지 곁에 가면 앙큼한 소녀가 될지도 모른다 이제 할머니는 죽고 싶다고 한다 할아버지에게 여민 비녀조차 빼버렸으니 마음조차 들통 났으니 할아버지 곁에 가 가지런히 눕고 싶어한다 할아버지가 아마 놀라 할머니를 껴안을 것 같다 비녀가 빠진 줄도 모르고 할머니를 꼭 껴안을 것 같다

당동 용왕제, 할머니 나들이 갑니다

할망구들 오랜만에 본답니다 할머니 택시 잡아타고 당동에 나들이 갑니다 이름조차 알 수 없는 할망구들 여지껏 살아 할머니를 알겠다고 합니다 니가 처녀 적 남편 잃고 외동아들 함께 살던 씨아버지 구박에 논두렁 콩마냥 쭈그러들었던 남순이 아니가 할머니의 처녀 적 이름을 할망구들이 불러줍니다 한 생애의 늘그막을 수다로 풀어내는 할머니들의 나들이는 마냥 즐겁습니다 메구를 치는 소리를 따라 종이꽃 흐드러진 상여가 바다로 가면 할망구들 두런대는 가슴 꼭 저승 가는 길 같아 자신의 속내를 다 들킨 것마냥 이내 빨갛게 피어오릅니다 집집이 용왕 먹이던 지난 기억들이 물결처럼 출렁거리면 할망구들 가슴은 자꾸만 팔랑거립니다 할배들 마구 씨부리던 욕설들이 무척 그리워집니다 오늘 할머니는 테레비에서 살짝 빠져나와 용왕제 지내는 당동 바다에 와서 지난 시절의 귀경거리에 다시 푹 빠집니다 할망구들 아직 살아 있는 할망구들이 모두들 처녀처럼 용왕제를 구경하고 섰습니다 아마 할아버지들이 조막배 타고 떠나면 조마조마하던 가슴을 살며시 용왕님께 팔았던 부끄럼을 떠올리나 봅니다 벌써 몇몇 할망구들은 눈에 눈물을 머금었습니다 그때는 왜 죄다 용왕님께 마음을 팔아

먹었는지 무엇이 사무쳐 그렇게 용왕님께 싹싹 빌었는지 이제와 돌이키면 괜히 우스워지기도 합니다 안면 할망구는 오랜만에 만났다고 축 처진 삼천 원을 할머니께 건넵니다 남순이 할망구 니는 허리가 팍 휘어뿠제 이젠 갈 날이 다 된 기라 편안하게 가는 게 제일이제 자꾸자꾸 말문을 열어젖힙니다 어느새 메구 소리는 파도처럼 솟아오르고 상여는 바다로 바다로 걸어갑니다 벌써 용왕님은 할머니를 빼앗아 가버렸는지도 모릅니다 텅 빈 상여 안에 할머니가 누워 있는 것을 본 듯도 합니다 종이꽃은 살이 썩어 향기를 피웁니다 할머니는 먼 훗날 무덤으로 난 길들을 따라 용왕님을 만나러 바다로 갈 것입니다 할아버지가 할머니의 하나뿐인 용왕님이기 때문입니다

달과 비디오

할머니는 무슨 테이프를 끼웠을까요 달이 둥글둥글 마을을 굽어보고 까만 염소는 말없이 나에게 신호를 보냅니다 염소가 외로워 보입니다 할머니의 비디오는 참 적막합니다 아침나절 마당을 뛰놀던 햇살들이 다 돌아가고 나면 할머니는 저녁을 짓기 위해 이젠 연기를 만들지 않습니다 꼬부랑 허리를 접어 아이처럼 방바닥을 기어갑니다 그리고 밥솥에다 물을 붓고 쌀을 자근자근 안칩니다 아직도 죽음에 이르지 못한 파리 한두 마리가 할머니 주위를 배회합니다 할머니에게는 이젠 지난 여름날의 파리가 아닙니다 밥상머리에 앉아도 형광등을 흔들며 먼지를 뿌려도 할머니는 이젠 파리조차 그립습니다 그러다가 정신을 잃은 파리가 할머니의 뺨에 스치면 한 방에 날아가지요 말 그대로 파리 신세입니다 방구석에는 거미도 집을 지었습니다 먼지의 힘을 알기에 할머니는 거미에게 자리를 내준 것입니다 할머니의 비디오는 예전처럼 참 조용합니다 씩씩거리며 개들이 짖어대기도 하지만 밤이 이슥해지면 가로등만 핼쑥하게 얼굴을 붉힙니다 마을도 이젠 할머니의 외로움처럼 늙어갑니다 땅거미가 지면 굴뚝에서 연기를 마시던 굴뚝새는 언제쯤 날아올까요 한참이나 궁금했습니다 할머니의 비디오에서 테이프를 꺼내자 밤은 아주아주 어두워졌습니다 달이 둥글둥글 마을을 도둑질했습니다 달은 아무것도 훔쳐 갈 것이 없어 밤새도록 마을에게 어둠에게 헤드라이트만 비추었습니다

바람과 비디오

못된 비디오를 보고 바람난 여자를 알고 있습니다 두 아이와 남편 씨어머니마저 씨나락 까먹듯 버리고 간 도망간 여자를 알고 있습니다 지 서방 곁에 있는데도 무엇이 그토록 절실했는지 동네 유부남과 바람이 난 소문에 소문을 물어 퍽 부풀어 올랐던 다시는 우리 동네에 나타나지 못하는 여자를 알고 있습니다 미모가 뛰어나 농사일을 잘해 밤일을 잘해 바람난 것이 아닙니다 우리 동네에 비디오가 처음 들어와 비디오처럼 짠하게 자극 받고 싶어 그만 이웃집 남자와 바람이 나버렸습니다 동네 할망구들은 그 이야기를 꺼낼 때마다 비디오를 들먹거렸습니다 참 희한한 일이제 마 그 속에는 징그럽게 알몸으로 비비고 그란다카데 흘레붙는 개처럼 한참이나 서로 껴안고 있다 안카나 동네 할망구들은 그 비디오 속이 참으로 궁금했던 모양입니다 그래서 바람난 여자를 씨부릴 때는 항상 그 비디오라는 요상한 물건을 거들먹거렸습니다 아마 그 여자 도망간 여자 바람난 여자는 못된 비디오 보고 바람 불었던 모양입니다 동네 할망구들의 비디오를 빌려 보면 늘 도망간 여자 이야기입니다 이젠 화면이 하품을 할 지경입니다

비의 알리바이*

* 비의 알리바이는 비로 내리고 존재를 더듬어 타락하는 비 쓰다듬으면 비의 알리바이는 비로 내릴 뿐 누가 비의 알리바이를 말하겠는가 비는 수직으로 하강하며 비로 꽂힐 뿐이다 비의 이야기에 숨어 있는 할머니의 비그 뼈마디들이 삐죽거리면 그늘은 소스라치고 흔적을 남긴 비의 지문들이 어디론가 곤두박질치며 수평으로 아우성친다 누가 비의 성기를 훔치는가 누가 비의 구멍을 쑤셔대는가 비는 성기이자 구멍이자 존재이자 탈각이다 존재의 現場不在證明 그 사이사이로 내려 꽂히는 비의 흐름들 더이상 감상의 알리바이는 없다 더 이상 비의 숲은 사각대지 못한다 숲의 비들이 그늘지면 죽음의 비들이 기계의 가슴 쓰다듬으면 불, 쑥 혀를 내민다 심장을 꺼내어 적신다 누가 비의 숲을 산책하는가 비를 산책하는 일은 숲의 문장을 숲의 형식을 읽어내는 일이다 아리송한 문장들이 뚝, 뚝토막나 비로 흐른다 더 이상 비의 문장은 기표를 뽀글거리지 못한다 그의 기의는 너무 쉽다 아니 너무 단순한지 모른다 그런데 그런데 비는 너무 많은 알리바이를 생산하려고 발버둥 친 다 쳤었다 비의 알리바이는 없다 다만 비로 現場不在證明하듯 내릴 뿐이다 비는 비일 뿐이다 자신을 송두리째 쓸어가는 쓰는

시인은 숲으로 가버렸다

사람이 사라지는 숲으로 그는 나무 이파리 하나 달지 않고 걸어서 갔다 잎새 무성한 숲이 낳은 가로등이 깜빡이자 그는 푸드덕 날아올랐다 이파리도 없이 사람의 가죽으로 그 숲이 울창해졌다 아무도 그 숲으로 산책 나오지 않았다 숲만 나날이 무성해지고 그는 날아오르고 가로등은 그를 훔쳐만 보고 새들이 사라진 숲 붙박이 새를 닮은 사람들의 숲 나무들이 우거졌다 구름이 살며시 투항하여 숲을 간질이면 숲은 바스락 신음 소리를 내었다 바람이 숲을 흔들자 숲은 거대한 동굴이 되었다 비를 피해 숲의 동굴로 피난 온 사람들이 여긴 왜 이파리를 달지 않은 나무들이 많아 많아 묻는다 숲의 동굴 바람도 비도 구름도 햇살도 사라졌다 그는 사람의 가죽으로 이파리를 단 나무가 되었다 심장을 내건 나무 이빨을 드러낸 나무 털을 온통 밀어버린 나무 젖꼭지를 물린 나무 히죽거리는 성기를 단 나무 가로등을 훔친 나무 전봇대 같은 성욕을 꿈꾸는 나무 전기의 힘으로 팔딱거리는 나무 그 숲은 나무들의 천국이었다 그 숲은 나무만의 동굴이었다 감히 그는 숲으로 가버렸다 숲은 도시의 외계인 어둠만을 먹는 혀를 내밀었다 그 숲은 食人의 숲이었다 온통 植木의 숲이었다 언젠가 나무처럼 이 지상을 드리워야 할 날들이 올 것이다 늘 그늘만을 쫓는 무리들에게 사람의 이파리로 만든 가죽을 흔들 것이다 늘 깜박이는 가로등의 欲을 잠들게 할 것이다 그는 냉정하게 정신을 차려 숲으로 갔다 숲의 동굴에서 그의 가죽 이파리를 벗겼다 잔인하게 무시무시하게 어설프게 황홀하게 아프게 더럽게 치욕스레 변태적으로 껍질을 벗었다

아, 잔인한 숲

박쥐에 대하여

밤에만 새가 되는 너의 나라에 가는 너의 나라에서도 늘 벽에 쿵쿵 쥐어박히는 너는 새냐 쥐냐 아무도 모르지 쥐도 새도 모르게 죽는다는 이 나라의 속담에도 오르지 못하는 너는 날고파하여 새가 되었지 영혼이 낡아 쥐가 되었지 영혼이 낡으면 낮이 무서운 거야 그 낡은 영혼을 질질 끌고 다니기 힘들기 때문에 낮에는 잠만 자는 거야 어둠 속에서만 너의 영혼을 헤엄치게 하는 거야 그리고 밤이면 서서히 너의 낡은 영혼을 파티에 데려가는 거야 그리고 미친 듯 춤추는 거야 날개를 휘저으며 벽을 뚫기 위해 동굴 안으로 헤엄치는 거야 너는 날고 있다고 생각하지만 넌 공중을 헤엄치는 거야 아무도 침범해오지 않는 공중을 너의 영혼이 부르는 대로 헤엄쳐 다니는 거야 그러면 파티는 쥐도 새도 모르게 이루어지는 거야 어둠을 갉아 먹으면 너의 영혼은 힘을 얻는 거야 사람들은 너를 소름끼치게 싫어하지 늘 외로움의 병이 질질 끌고 다니기 때문이야 그래서 아무도 너를 새라고 부르지 않아 아무도 너를 밤새라고 황홀한 이름을 불러주지 않아 넌 쥐야 밤을 갉아 새벽을 부르는 쥐야 넌 낮을 갉아 밤을 만드는 쥐야 너의 밤은 늘 날개가 있지만 아무도 널 새라고 부르

지 않아 넌 쥐일 뿐이야 너 혼자만의 날개를 단 쥐 쥐일 뿐이야

산문시*

시가 산문을 먹자 산문이 시를 또 먹었다 영혼이 배고파 몸을 먹자 이제는 몸이 영혼을 먹기 시작하였다 운문처럼 뼈다구만으로 寸鐵殺人 할 수 있다면 匕首처럼 적들에게 꽂힐 수 있다면 살진 산문은 몸을 뒤뚱거리며 하품을 하였다 운문도 가고 산문도 가고 오로지 시만 남는 그날 이 지상에서 시인들은 사라질 것이다 한없이 투명에 가까운 시

* 詩人 追放論: 이 지상을 더럽히는 자 그대 이름을 지어 시인이라 하였다 이 지상이 촘촘히 제 갈 길 가는데 시인들은 참 말이 많았다 언어를 가공한다는 美名 아래 언어를 더럽히고 언어에다 色을 넣었다 色卽是空 空卽是色 감미롭게 색색거렸지만 이 지상을 추하게 만드는 무리들을 시인이라 하였다 시인들은 거짓 예언들을 일삼았고 시인들을 추방하기 위해 이 지상은 盜聽을 시작하였다 한 무리의 시인들은 가는 전파에도 파르르 떨었고 통화권 이탈의 나라 이상한 동굴로 사라졌다 이 지상을 다시는 빠져나올 수 없는 음흉한 동굴 나라였는데 그 나라에서는 달콤한 쾌락들이 옷을 벗었다 드디어 누드의 신들이 시인들이 탄생하게 된 것이다 푸줏간의 고기처럼 살들이 둥둥 매달린 동굴은 수건을 걸친 시 발기 중인 시 이상하게 헝클어진 시 시를 흔들어 제치는 시 시의 구멍을 찾아 쑤셔대는 시 시끼리 겹으로 들썩거리는 시 벌거벗은 시들의 진열장이었다 그리하여 누군가는 그곳을 포르노피아라고 불렀다 지상에서는 性의 구별조차 거부한 나무들이 씩씩거렸고 성별을 아예 부여받기 싫어한 길들이 가속도로 걸어갔다 한 무리의 시인들은 거리를 떠돌았다 거리 곳곳 시의 전단들이 눈발로 흩날렸고 진눈깨비 진눈깨비 같은 여자들은 자못 감상적인 몸짓

으로 시의 나라로 귀순해갔다 이젠 당당하게 시인들도 머리를 빡빡 밀기도 하였고 치렁치렁 머리카락을 흩날리기도 하였고 귀고리를 대롱대롱 매달았다 드디어 귀고리마냥 이 지상에 황홀히 매달린 것이다 시인들은 누구나 할 것 없이 이 지상에 감전되었고 시인을 닮고자 애썼던 청춘들이 거리를 활보하기 시작하였다 시인들도 이젠 주연 배우로 영화 속을 오르락내리락하였다 그러나 자주 필름 사고를 일으켰다 아마 시인들이 사타구니를 흔들거나 사타구니를 벌리는 아주 에로틱한 장면이었을 것이다 쥐들이 시인들을 훔쳐보고 있다 이젠 쥐들도 시인들을 닮아간다 이에 경악한 누군가는 의심하기 시작하였다 시인들을 어찌하여 시들이 자위 행위를 하냐고 시들이 어찌 오럴 섹스를 즐기느냐고 자못 흥분할 것이다 자고로 시인들은 순수하다고 하였다 무릇 경전이 주장하기를 시인들은 너무 순수하여 미생물조차 기생하지 못하는 영혼을 가졌다 하였다 그런데 그런데 시인들이 감히 섹스를 논하다니 참으로 이 지상이 우습게 되어갔다 섹스를 논한 죄 섹스를 섹스로 받아들이지 못한 죄 이 지상을 야릇하게 흥분시킨 죄 어둠만 주입하는 시 시체들을 걸어다니게 하는 시 자연을 모독한 시 희망을 남발하지 않는 절망만을 복용하는 마약 같은 시를 줄줄 흘리는 시 노동자 그들에게 이 지상은 면죄부를 폐기처분할 것이다 길 떠나는 시인들 시 노동자들 시 귀족들 영혼을 너무 많이 갉아 먹어 이제는 몸 안에 갇혔네 몸 안에 갇혀 영혼을 주섬주섬 먹어치우네

유리의 몸

투명한 유리 가죽으로 니 몸을 덮으면 사람들은 널 유리로 만든 숲이라고 불렀어 유리로 만든 심장이라고 손을 가만히 대면 쨍그랑쨍그랑 소리가 울려 나와 그 소리의 길을 따라 니 울창한 나무를 건드렸어 그러면 나이테의 수만큼 니 방황의 물길들이 출렁거려 누군가는 네가 흘리는 수액을 들이마시고 몽롱해지기도 하지 그러나 넌 투명한 심장이야 네 거짓말의 비밀들이 줄줄이 흐르는 맑은 살갗을 가진지도 몰라 넌 너무도 투명하여 모두가 널 훔쳐볼 수 있어 한 번은 널 건드리다가 널 빡빡 문지르다가 그만 널 깨트려버렸어 와장창 넌 조각나버렸지 네 영혼의 파편들이 무수한 사람들을 찔렀던 거야 유리의 몸을 들여다보던 사람들은 무서워지기 시작했어 유리의 몸은 날 선 파편들의 집합이기 때문이지 유리의 몸은 제 영혼의 거울로 제 영혼을 비추어 파닥거리는 거야 유리의 심장 그 실핏줄의 출렁거림으로 유리는 반짝거리는 거야 부신 유리의 몸 눈을 뜰 수가 없어 찰그랑거리는 유리의 欲 깨진 유리의 영혼 빛나는 피의 숲

마네킹

목 잘린 너 피 흘리지 않는다 말쑥하게 차려입은 아랫도리 아무도 가질 수 없는 가슴 세상을 유혹하기에 완벽한 너 목이 잘렸다 머리를 갖지 않았어도 네 잘린 목 위 무수한 머리를 접합할 수 있는 넌 머리가 없어 더 사람다운지 모른다 잘린 목 위에 피 철철 넘친다 늘 그 자리에서 사람들에게 피웃음 흘린다 마치 공허처럼 살아 있는 마네킹

부탄의 나라에선

나쁜 영화 같은 영화는 보지 않았어 단지 누군가 나를 켜면 폭발하고 싶었어 나를 버리기 위해 나의 환생을 지워버리기 위하여 날 한꺼번에 폭로하고 싶었어 서서히 홀로 여기서 버림받고 싶었어 나 하나만으로 이 지상을 흔쾌히 받아들이고 싶었어 말을 삼켜버리고 아버지를 목 졸라버리고 엄마의 꿈에서 죄다 나를 꺼내고 싶었던 거야 선생님의 충고에 고통을 넣어주고 싶었어 나를 모락모락 피워 올리기로 했어 지붕 위에 누웠어 별들이 하나 둘 나를 갉아 먹었어 아무도 나를 부르지 않았어 부탄의 나라는 나를 애무하며 가스바늘을 찔렀어 몽롱한 나를 날려버리기로 했어 친구가 먼저 지붕 아래 쿵 했어 무서웠어 하지만 나는 두개골 가스바늘을 찔렀어 별들이 나를 쪼아 먹자 나는 폭발하고 말았던 거야 부탄의 나라 나는 나쁜 영화 같은 영화는 찍지 않았어 나쁜 영화의 주인공이 될 줄은 몰랐어 나쁜 새끼 더러운 새끼로

형의 분열

세포들은 분열하기 시작하여 사람을 만들었다 삶은 분열하기 시작하여 죽음으로 나아가는가 형은 서서히 분열하기 시작했다 몸을 오그렸다 어둠에 갇혀 어둠에게 통화를 하였다 밤새도록 아무도 전화 받지 않았다 머리카락 사이로 흰 비듬들이 오락가락하였다 사람들은 정신들이 어디론가 빠져나갔다고 하였다 형은 예전처럼 죽어버릴 수밖에 없었다 차들이 달아나기 시작하였다 핸들을 마구 비틀었다 차들이 쫓겨나고 있었다 창문을 열었다 삶이 튀어나갔다 형은 어느새 흰 수의를 입었다 간호사들은 수의천사였다 주사를 맞으면 마음들이 몽롱해지면 고함을 치면 정신들을 갈기갈기 찢어 묶기 시작했다 수의천사들이 우르르 몰려들기 시작했다 형은 또다시 분열하였다 몸을 비틀어 욕을 만들었다 고함을 치면 수의천사에게 빌었다 아무도 말하지 않았다 죽음을 분열시켜 삶을 가둘 수 있는 이는 형밖에 없었다 형은 드디어 분열을 하였다 정신 분열이라고 말할 수 없었다 정신들은 분열하여 사람을 갈기갈기 찢어놓았다 가족들은 마음을 오그렸다 아주 오랫동안

술탄 아흐메트 사원을 훔치다

블루 모스크라고 너의 이름을 불렀다 저녁이 내리면 실루엣은 온통 검게 빛나고 낯선 풍경을 착취하는 나의 사진기는 발을 씻고 예배드리는 사람들 발자국을 호명하였다 가난한 사람들의 기도는 화려한 모자이크와 타일조차 아랑곳 않는다 대답조차 흘리지 않는다 어느 제국의 시대가 있었기에 블루 모스크는 아름다운 풍경으로 남았을까 경배함에 따르는 무수한 기원의 노역들이 숨 쉬고 있는 건 아닐까 저녁을 따라 사람들의 발길이 돌아가자 몇몇 불빛으로 둥글게 몸을 굴리는 블루 모스크의 뒤척임 끝내 아무것도 팔지 못하고 돌아서는 어린 호객꾼의 귀가 구두닦이 소년의 막막함 몸무게를 달아 돈을 바꾸는 꼬마의 텅 빈 호주머니 술탄 아흐메트 사원은 풍경들의 소용돌이였다 블루 모스크라고 너의 이름을 호명하면 아름다움만이 남아 지울 수 없는 가난과 아픔을 덮었다 조용히 술탄 아흐메트 사원은 씨줄과 날줄의 마호메트의 카펫을 팔기 위해 엎드리기 시작하였다 가난한 블루 모스크를 착취하였던 이스탄불에서의 저녁 나는 풍경의 아름다움만 훔치듯 찍고 술탄 아흐메트 사원은 등만 보이고 오래이 손을 내밀었다 경배하듯 터지는 저녁 불빛들 환하게 드러나는 블루 모스크의 슬픔들

가우디의 성가족 교회는 텅 비어 있다

가우디는 텅 비어 있다 제 영혼을 묻고 제 살가죽을 남겨 교회를 쌓았다 예수는 돌이 되어 십자가에 걸려 있고 교회 안은 여전히 영혼을 공사 중이다 누가 교회 안에 영혼을 묻어둘 수 있을까 많은 이방인들이 제 영혼을 남기려 안달이다 가우디는 제 살가죽을 남길 줄 알았다 제 영혼을 모두 퍼내어 제 허물어진 살갗을 거칠게 걸어두었다 고름에 짓이겨진 살들의 출렁임 다 풀어헤친 미친 머리카락의 흩날림 욕망으로 달음질친 저 성기의 정액들이 덕지덕지 달라붙어 탑을 쌓았다 가우디는 제 영혼을 다 버려 텅 비어 있다 아무도 성가족 교회 안에 영혼을 걸어두어서는 안 된다 다만 미친 살들을 걸어두어야 한다 너덜너덜 누더기인 살들만을 걸어야 한다

노이슈반슈타인 城은 안개를 감추고 있다

우리는 지금 퓌센으로 간다 기차를 끌고 퓌센 역으로 간다 창밖에 매달리는 저 먼 지평선 차가 달린다 덜컹 지평선 너머 차들은 추락할까 날씨는 비를 보여주다가 맑았다가 간간이 진눈깨비 진다 기차는 무작정이다 퓌센으로 간다 그곳에는 아름다운 성 하나가 사람들을 꾸역꾸역 삼킨다고 한다 어쩌면 이제껏 삼킨 사람들의 살들 뼈들 다 보여줄지도 모른다 퓌센에서 어린 소녀들을 만났다 조그만 소역 아름다운 이름을 가진 퓌센 역에서 노이슈반슈타인 성을 찾았다 안개는 지금 노이슈반슈타인 성을 감추고 있다

비의 극장 혹은 감옥

햇살이야
비 맞고 싶어
비의 극장에서

비오는 날 극장을 나오며 나를 질질 끌고 다녔다

비 맞은 나를 질질 끌고 다녔네
사람들은 모두 우산을 꺼내어 비를 견디고 있네
비를 맞아버렸네 비에게 영혼을 도둑맞고 말았네
우두둑 듣는 비
뚝뚝 내 어깨에 박히는 비
비는 어쩌면 내 살을 뚫을 것만 같다
비는 내 영혼을 잠식한다 영화 자막을 표절하며
삼류 극장의 영혼들을 표절하며
비 맞은 나를 질질 끌고 다녔네

극장 안에서 맞은 비 극장 밖에서 맞은 비 온통 비로 주사 맞은 나는 극장에서 비를 상영하였다고 믿었다 비를 상영하는 극장에서는 영화가 끝나면 모두들 우산을 하나씩 꺼내어 밖을 나서야 하기 때문이다 비 오는 날 극장을 나서며 나를 질질 끌고 다녔다* 비 맞으며 비를 맞으며

* 反省: 오늘도 누군가가 나에게 물었다 당신은 당신을 아느냐고 태연하게 물었다 넌 참 개같이 살고 있구나 하고 물었다 어디론가 나를 헤매고 돌아오면 아무에게도 나를 발설하고 싶지 않았다 오만하게 짖고 싶었다 누군가 뒤쫓아 가서 물어뜯고 싶었다 넌 무어냐고 되묻고 싶었다 나에게로

돌아오기 힘들었다 그냥 살아가야 한다고 지구가 자멸할 때까지 그냥 평범하게 견뎌내야 한다고 누군가는 말하였다 시를 버리고 싶은 지금 사람들을 모독한 지는 참 오래 새로운 사람을 조작해내고 싶지 않았다 내가 나를 만들어낼 수 있을까 내가 나를 확 뒤집어버릴까 철저하게 혼자로 더럽게 버려지고 싶었다 홀로 밤을 헤매고 이 다방에서 저 다방으로 어둠과 接線하며 얼마나 많은 비트를 구축하였던가 애매모호하게 걸어가고 있다 밤에 충혈된 채로 거리를 난도질하고 있다 나는 얼마나 방자한가 얼마나 건방지게 오만한가 어설프게 슬퍼만 하는가 왜 철저히 파괴되지 못하고 적당히 돌아오고 적당히 반성하고 적당히 배고파하며 살고 있는가 적당히 포르노그래픽하고 적당히 순종적이고 적당히 반항적이고 적당히 부르주아지로 살고 싶어하는가 화려하게 몰락하든지 처절하게 화려하든지 길들을 토막내버려야만 하였다 얼마나 고뇌하였는가 당신이 이렇게 단도직입적으로 물으면 내가 없다 소설처럼 악랄하게 묘사되고 싶었던 나는 네온의 불꽃에서 灼熱하고 싶었던 나는 아직도 나를 찾지 못해 우왕좌왕 먹이를 찾아 컹컹거리고 있다 개 같은 날들 악마의 그림자를 줄줄 흘리며 이 지상의 길들의 깜박거림 네온의 피들을 핥는 흡혈귀가 되고 싶었다 도시의 피를 빨아 먹고 쑥쑥 자라나는 내 영혼의 먹이사슬 자주 가족들이 아내가 걸려 넘어졌다 그리하여 반성하건만 반성처럼 가벼운 주사도 없다 반성처럼 치욕스런 망각도 없다 반성을 위해 반성하는 나날들 매일 반성하므로 반성하고 반성의 알약을 먹고 또 반성하고 反省으로 反性을 낳으리라 반성을 쓰라리게 쓰다듬지만 반성할수록 반성은 멀어지고 철저히 이성적으로 재무장을 서두르지만 나는 얼마나 위태하게 홀로 서 있는가 적당히 흔들리고 적당히 마시고 적당히 파괴되고 적당히 나의 비트를 노출한다면 나는 이 지상에 귀순할 수 있을 것이다 이 雨後竹筍처럼 솟는 반성의 말들에 다정스럽게 길들여질 것이다 그러나 만약에 내 몸에 지진이 일어난다면 내 길들에게 초강진이 일어난다면 필사적으로 나를 내뱉어 기침을 하자 나를 꽉 뒤집어 내장을 보여주자 그 내장의 것들이 무엇을 노리며 살아왔는지 말해버리자 숨 막히는 공포와 불안의 나날들 불안이 공포가 나를 뛰놀게 하였다고 까발겨버리자 푸코를 아니 에코를 릴케를 베를렌을 보들레르를 랭보를 따라다녔다고 표절했다고 감히 이야기하자 지금은 간절히 표절을 원하는 시대 힙합 바지를 입고 갱스터 랩을 부르며 로큰롤에 미쳐 젊음을 당당하게 표절해버리자 넌 아직도 헤매고 있냐고 누군가가 물었다 말들은 언제나 자유롭게 뛰놀고 싶었다 불타는 비들을 보았다고 반성을 반성하던 비들을 보았다고 거짓말을 해주고 싶었다

비를 본 적이 훔쳐본 적이

비를 본 적이 비를 아련하게 훔쳐보며 젖어본 적이 있는가 비 가운데에 서서 비를 만지며 비의 동굴 안으로 잠입해 들어가며 얼마나 많은 번호들을 비에게 남발했던가 비는 삐삐처럼 내리고 가는 전선처럼 나를 간지럽태우고 비에 타들어가던 비 뚝뚝 흘리고 비는 늘 비 맞고 바람맞고 비는 몸 둘 바를 모른다 비를 태워본 사람은 비가 얼마나 무섭게 타들어가는가를 알 것이다 비의 관절 뚝 끊어지며 소리쳐 울부짖는 것을 알 것이다 비는 삐삐처럼 무수한 신호를 받아 비 내린다 길을 걸어가던 비도 잠시 쉬고 싶어 어디론가 기어들고 비는 지붕을 뚫고 이불을 뚫고 방바닥을 뚫고 영혼마저 뚫고 비 타올라 비 내린다 비 내리면 온 지상은 서서히 타오른다 나무를 태워 길을 태워 사람을 태우고는 비 내린다 비를 훔쳐보면 비마저 연달아 비로 발정하고 비는 미친 듯 비 내린다 내리는 비를 훔쳐보면 온몸 타올라 비로 내린다 비를 탐하는 자는 비로 망한다는 비의 사전을 보며 비를 비를 훔친다 비는 늘 비를 아프게 한다 비를 본 만큼 비를 훔친 만큼 아픈 비

할머니 제 살을 다림질한다

할머니는 이젠 숯뿐인 살들 매만진다 살들로 불 피울 수 있을까 다림질을 한다 지나온 길들 담아 불 피우면 처녀 때 부끄러움 사라진 지 오래다 씨아버지 구박에 며느리 구박하고 씨어머니는 왜 둘일까 고민하다 옷 다 태워버렸다 씨어머니 구박을 태우다 구박만 받아 마시고 먼저 간 남편 무정한 놈 무정한 놈이라고 흘려보냈다 이젠 남편 보낸 마음 불 피워 다림질하는데 어느새 제 가슴 솟구치는 살들이 지랄이다 지랄 같던 젊음을 태우는 줄 알았는데 할머니는 제 살을 다림질한다 제 살들을 펴느라 한참 분주하다

할머니 기계는 여전히 작동 중이다

할머니 기계는 소주를 먹고 산다 소주를 먹으며 알딸딸하게 굴러간다 간혹 그 기계를 건드리는 사람들 언제 갈꼬 편하게 갈끼다 소주를 먹인다 소주 먹은 기계 할머니는 이젠 덜커덕거린다 한다 소주를 부어도 담배를 삼켜도 기계가 윙윙거린다 한다 할머니를 꽂은 코드가 빠졌는지 모른다 청춘을 실어 나르는 전깃줄 전기를 마시지 못했는지 모른다 그런데 할머니 기계는 초록을 먹고 산다 초록으로 떼를 두르는 그 기쁨의 나라 언젠가 끌려가 삶을 고백하는 그날을 그리는지 모른다 할머니 기계는 이젠 작동이 쉽지 않다 한다 그 많은 전류들을 다 흘려보냈기 때문이다 아직도 할아버지의 전압으로 퓨즈가 나갈 때가 있다 여전히 할머니 초록 기계는 작동 중인가 보다

할머니 한 마리 컹컹 짖어

컹컹 짖는 할머니 새끼 여섯 마리 저 다산의 밤들을 따라 염소는 까맣게 적막해지고 어디론가 도망 다니는 어둠의 개새끼 컹컹 짖어 소들은 또 팔려 가고 그는 훔치기만 해 도망 다니고 그날 그의 장인은 지갑을 잃어부리나케 비 맞고 카드깡으로 하루살이 맥주 두 캔으로 취하는 사나이 인생 사나이 눈물을 누가 알랴 사나이 눈물은 빗물 빗물은 사나이의 갈비뼈 언젠가 비처럼 내리고 또 내리고야 말 비의 사나이의 길들 어제 그날 밤 밤새도록 한 일 모조리 기억하는 비의 길 사나이의 더럽고 더러운 더러워 더 더러운 사나이의 길 할머니 할머니 한 마리 컹컹 짖어 이 죽음의 고요 깨뜨리고 깨진 죽음의 고요들이 적막을 껴안아 밤들은 주무신다 할머니는 오늘밤도 잘도 주무신다 죽지도 않는 저 어둠의 염소처럼 까마득히 주무신단다

비 내리는 날들은

비 주루룩 내리자 그녀는 사라진다 미끄러지는 바퀴 아래로 집단 자살의 저 주름의 비들 비들 사이로 그녀는 날아간다 끝내 주름져 내릴 비의 영혼으로 그녀는 비 내린다 비로 내린다 무수히 달리는 바퀴의 계곡 아래로 그녀는 넘어지고 그는 비를 뚫고 달린다 그를 그의 어깨를 두런두런 만지던 그녀의 비의 손아귀에 살짝 벗어나 비로 달린다 세상의 비는 여전히 세로로 하강하건만 그는 감히 가로로 세상을 달린다 비를 뚫고 비를 납작하게 만들어 비로 달린다 먼 곳 서둘러 건너던 파란불의 사람들 위협해가며 빨간불의 나라 안으로 넘어진다 깜박깜박 빨간 마음을 켜는 사람들 불안하게 비를 맞는다 이 나라에선 우산을 들어도 늘 마음이 젖는다 가슴이 빨간 삶들은 늘 영혼이 젖어 있기 때문이다 세상은 여전히 세로로 비를 맞고 그는 가로로 비를 뚫고 달리고 먼 곳에서 파란불의 신호등을 켜는 그녀 그녀는 멀리 세로의 그리움을 엮어 길을 연다 가로의 추억에 미끄러지는 그의 어깨로 비 주루룩 내린다 그녀는 한참이나 비처럼 세로로 서 있다 주룩주룩 비 내리며

비에 흠뻑 젖다

비에 젖어 비의 관절마저 적셔 온통 비의 근육으로 비를 만나면 비의 성기는 불뚝 일어선다 비를 비를 만져버려 비를 불끈 솟구치게 하면 비 주르르 흐른다 비의 냄새마저 비의 향기마저 시궁쥐이지만 비는 달린다 비를 남용하는 비를 비에 중독된 비를 어찌할 것인가 비여 비여 소리쳐 부르면 젖어드는 비 흠뻑 젖어버린 살 비는 비에 흠뻑 젖는다 비는 비를 껴안을수록 비 내린다 비의 근육마저 부서져 통통거리며 내린다 비는 비를 어찌할 것인가 비는 비를 멈추게 할 수 없다 비의 뼈마저 영혼마저 비로 내려 비 뚝뚝 흘리며 비로 무너진다 무너지는 비 무너지는 영혼 비가 비를 비의 영혼을 자유ㅎ게 하리라 비 뚜우뚝 흐른다

길의 세탁소

길을 만나고 돌아온 날은 세탁소에 들러야 한다 지나온 길들을 빨아야만 길 위에 설 수 있기 때문이다 길들을 만나는 일은 죄를 짓는 밤 길들에게 죄를 짓는 밤은 세탁소의 신부에게 고해성사를 해야 하는 아예 육체를 다시 헹구어야 하는 불안의 밤이다 불안의 밤을 세탁소에 맡겨 씻어내야 하는 것이다 그의 몸에 악착같이 달라붙은 길들의 먼지 먼지들의 영

혼을 다림질해야 하는 것이다 길의 세탁소는 늘 불안히 깜박거리고 네온의 침들을 질질 흘리고 있다 길 안의 영혼 길 밖의 세탁소에게 너무 오래이 맡겨 왔다

할머니와 테레비

네 발 달린 테레비 안에 발 없는 테레비가 그 안에 할머니가 갇혀 있습니다 할머니를 켜자 사람들이 말을 건네고 별세상을 열어줍니다 말동무를 하던 할머니들이 무덤 줄지어 기어 들어가도 할머니는 여전합니다 자신을 켜고 비추는 저 말쑥한 동무들이 너무 많아 외로움마저 삼켜버린 것이지요 한 번쯤 동무들을 꺼내어 만져볼까 너무 말들 잘하는 그네들을 저녁잠에 초대할까 하마터면 할머니는 갇힌 그네들을 꺼내줄 뻔하였습니다 할머니는 테레비에 갇힌 그네들과 말동무를 하다가 오늘도 새록새록 잠이 들었습니다

할머니와 기둥시계

할머니는 시계를 볼 줄 모릅니다 그러나 시계가 밥을 먹고 산다는 것은 알아버렸답니다 그래서 시계도 밥을 먹여주어야 한다는 것을 알았습니다 시계가 굶으면 울리지 않는다는 걸 용케 엿들어버린 것입니다 할머니가 시계가 밥을 먹고 산다는 그 비밀을 알고는 시계에 밥 좀 주라 밥 좀 주라고 야단입니다 할머니는 아직도 밥을 먹는 시계를 유난히 잘 듣습니다 그 시계는 기둥시계입니다 기둥에 붙박여 소리를 흔들던 눈물 많던 사내였습니다 기둥시계는 밥만을 먹는 사내였습니다 할머닌 기둥시계를 잘 엿들었습니다 소리들의 뼈가 바스락대던 것도 잘도 엿들었던 것입니다 시계는 밥을 참 잘 먹었습니다 배 터지면 꼬르륵 소리를 질렀답니다 이것이 할머니가 안 시계의 비밀입니다

할머니와 냉장고

부패를 견디기 위해 고스란히 얼어붙기로 합니다 전기의 힘으로 냉동되기도 하고 냉장되어 하루를 견디어 갑니다 자연의 힘으로 아무렇지도 않게 견디어온 생마저 저 안에서는 된서리를 맞습니다 할머니마저 냉장고 안에서 살아온지도 모릅니다 늙음을 견디기 위해 남은 여생을 냉동시키고 있습니다 누군가 한 번씩 들여다보면서 할머니를 냉동 칸에 넣을까 냉장 칸에 넣을까 고민하는지 모르지만 할머니는 지금 냉장고에 갇혀 있습니다 젊은 날들의 질투들은 이제 서서히 냉동되어버렸고 누군가 그 질투를 꺼내어 해동시킨다면 할머니의 질투는 무럭무럭 자랄 것입니다 할머니는 아직도 냉동되지 못하는 욕망을 끄집어 소주잔을 붓습니다 얼큰하게 온몸을 타고 흐르는 저 찰나의 기운들이 뻬마디를 꽉 죄어 줍니다 아직도 할머니는 냉장고에 갇혀 있습니다 누군가 살며시 냉장고 문을 열다가 할머니의 아름다운 시신을 벌떡 일어나게 하면 어쩌지요

할머니와 포르노

당신의 욕망은 텅 비어 있습니다 살들은 뼈를 비집어 앙상합니다 앙상한 감나무 제 늙음을 견디지 못한 홍시 터져버렸습니다 까치가 쪼다가 쪼아 먹다가 떨구어버렸습니다 저녁이면 낡아빠진 엉덩이 자주 마려워집니다 그러면 요강에 턱 걸터앉아 하루를 뺑 쏟아버립니다 시금치를 매만지며 한 번씩 오가는 트럭을 기다립니다 기다림은 트럭처럼 돈을 풀어주기도 합니다 얼마나 많은 시금치를 팔아먹었던지 시금치 하루를 물들이면 어김없이 푸른 저녁이 찾아옵니다 평생을 구박한 며느리도 할머니가 되어갑니다 어느새 하얗게 바래가는 머리카락 훔치면 누가 먼저 죽을지 알 수 없습니다 그게 아마 팔자라는 건지도 모릅니다 며칠 동안 늙어가는 며느리 아들의 기침 소리 들으면 이 적막강산 토종 똥개만 컹컹 어둠을 물어뜯습니다

할머니와 염소

할머니와 염소는 다정스레 울타리 안에 묶여 있습니다 땅거미 내리면 염소 눈망울 한없이 가라앉고 할머니도 조용히 눈꺼풀 덮습니다 누군가 염소에게 윙크를 하면 염소는 이제 염소가 아닙니다 제 눈에 어둠 심어 깜박이면 저녁 가로등 하나 둘 켜지기 시작합니다 산비탈 뛰놀던 울음조차 까먹어 울지 않습니다 기둥시계 둥둥 울어 할머니는 저녁을 마련합니다 염소는 어느새 아주 적막해집니다 그리고 고삐 맨 제 고요의 그림자를 밟아 봅니다 어두워진 할머니도 이젠 지나온 길들을 되새김질합니다 길들 비틀거리면 뼈와 살을 접어 소름끼치도록 고요와 적막을 풀어놓습니다 돌아보면 걸어가는 길이 걸어온 길입니다 한마디로 할머니와 염소는 적막강산입니다 찬바람 탱탱하게 일렁이는 고요입니다

램프와 향기
—온산공단

밤, 하늘로 램프를 켜는 온산공단 꼭 알코올램프 같다 보석 상자처럼 켜켜이 불꽃들이 치솟자 별이 숨는다 하늘로 무수히 떠나가는 램프들의 행렬 별들은 꼭꼭 숨어버렸다 공장들이 알몸으로 램프의 불을 피우면 향기들은 모락모락 걸어 나간다 저 아름다운 알몸의 연기들 향기가 되어 대문 열린 집들을 방문한다 똑, 이 지상의 구멍마다 눈인사도 없이 건네는 향기들의 악수 온산공단의 집들은 낯익은 사람처럼 향기들의 손을 놓을 수가 없다 매일매일 알코올램프에 취해 쓰러지는 노을처럼 불쾌하게 생계를 거머쥐고 살아야 하므로 오늘 별을 잡으러 떠나는 왕자에게 나무와 풀의 요정을 바칠 수밖에 없다 램프의 뒷굽에서 모락모락 피어오르는 저 눈먼 향기에 취한 채

풀의 감옥

풀의 감옥에 가면 쇠창살 가느다란 줄기 따라 햇살이 들어와 눕지요 잎새 감방 복도를 따라 물관이 흐르지요 졸졸졸 간혹 지나가는 바람의 간수가 살을 막 꼬집기도 하지요 구름 나라에서 출장 온 폭풍의 간수는 감방 문 부수고 마구 뼈마디를 분질러놓지요 악, 아프다고 소리 치면 여기가 감옥이지요 풀의 감옥이지요 한 번쯤 마음의 세탁이 필요한 분은 들러야 할 곳이지요 햇살이 공중을 살며시 밟고 와 다다르면 힘줄 불끈 솟구치는 이 나라의 감옥 한 번은 들러야 할 명소이지요 서대문구치소가 한때 사색의 공간이었듯 여긴 활력이 필요한 분을 위해 체관이 줄줄줄 내리는 복도가 있지요 이 감옥에 들어오신 분을 위해 자연이 직접 제작한 것이지요 풀의 감옥이라고 자연이 이름을 지어주니 무서워집니까 가벼운 마음으로 감옥 문을 두드리세요 이끼 진 마음을 세탁하려면 이런 옥살이쯤은 가뿐히 견뎌내야 합니다 오늘은 모두 다 자연이 퍼질러놓은 들길을 따라 들판을 따라 잔망스런 새들 가요방을 차려놓은 풀밭으로 가서 똑, 감옥 문을 두드려야 합니다 그러면 바람의 간수가 우리들의 종아리 걷어올리고 회초리를 들 것입니다 먼 옛날 엉덩이에 곤장을 내리치듯 흔들어댈 것입니다 그럼 풀의 감

옥에서 처음으로 내리는 가혹 행위를 맛보는 것입니다
황홀한 고문이지요 세상이 내리는 고문과는 달리 상큼
한 고문입니다 시퍼렇게 종아리가 물들면 어느새 아름
다운 한 편의 운문이 되어 여러분의 가슴 지독한 은유가
될 것입니다 풀의 감옥 이 지독한 은유를 독감처럼 앓아
야 할 이유입니다 지금

돌탑

누군가 버리지 못한 마음 하나 있어 얹었다 마음 하나 버릴 수 없어 얹었다 버릴 수 없고 버리지 못한 마음들이 언제 무너질지 모르는 위태로움 꿰차고 모였다 비 내려와 마음들을 비집고 씨 하나 낳았다 미끌미끌 흔들리다 어두운 마음들을 붙잡았다 바람 한 자락 밀려오면 사그락사그락 부딪히며 껴안았다 그랬구나 지나가는 마음들이 제멋대로 모여도 탑 하나 솟아오르니 산은 지나가는 마음의 짐들 꿈들 부려 놓게 하였다 혹 누군가 버릴 수 없는 마음을 얹다 와르르 무너져버릴 저 탑이건만 돌 하나는 그대로 남았다 버릴 수 없고 버리지 못하는 마음 하나 짊어지고 가는 이 쉬어 가라고 돌 하나는 마음 하나 열어놓았다

공기의 꿈

저 부유하는 무허가의 땅
공중을 출렁이는 마음의 눈들
웃음 주고받긴 켜켜이 쌓인 먼지
구름
먹구름
먹장구름
그
운명적 사랑으로
비를 만들고 싶다
눈을 낳고 싶다

내가 만진 살들에 관한 夢, 幻

#
살은 영혼을 잠식한다
살은 불안을 퍼뜨린다
살은 뼈를 부술 때까지 살을 그리워한다
뼈만 남는 그날 살은 온데간데없다
(뼈조차 살을 닮아버렸기 때문이다)
살 근처로 살을 갉아 먹는 저 개미들의 행렬
살을 탐닉하는 이들을 어쩔 것인가
살은 삶을 존재를 규정해버렸다
(마르크스의 자본론 혹은 유물론, 육체론 뒤집기)

1
살, 살살 녹여내는 엄살, 굳은살, 맛살, 살에 중독되다

2
너무 부드러운 살 속 숨어 있다 뼈 없는 뼈를 그리워하기 살이 너무 깊숙이 들어와 있다 언젠가 살만을 찾아 헤맨 적이 있다 살 안 뼈를 감추고 있다고 유혹했기 때문이다 그러나 살은 뼈를 숨기고 그 뼈가 물렁뼈인 걸 어떡하랴 살을 뼈를 감싸 살을 들이밀고 있다 살을 탐닉

하다

3
여인숙에 간다 살을 버리기 위해 살은 돈을 요구한다 살은 살을 아프게 해달라 애걸한다 살을 작살내달라 달라고 복걸한다 애걸복걸 그러나 어찌하지 못하는 살, 살은 살이 아프다

4
여관에 가다 館에서 觀을 찾다 관은 관을 부르고 관은 잽싸게 관을 도망치다 모두를 관하고 있다 혼자서 觀, 世, 淫, 洗, 陰, 보살, 살을 관음하였다 살을 간음하였는지 모른다

5
그리고 살을 무서워하기 시작하였다 온통 살을 작살내버렸다 죽기로 마음먹었다 살을 위해 그 어린 살을 온전히 그리워하기 위해 더 이상 살 만지지 않았다 살은 살살 도망친다 얼마나 아팠는지 모른다 살을 기리는 긴 사육제가 얼마나 오래 열렸는지 모른다 살의 창문이

6

살은 저마다의 목소리를 낸다 찰랑거리는 부딪치는 바삭거리는 타드는 찌직거리는 부서지는 살랑대는 몸부림치는 뼈마디 쑤시는 뼈 삐죽거리는 카랑카랑 살들을 말리는 소리를 낸다 파랗게 낸다 시퍼렇게 낸다 까맣게 울부짖는다 살은 제각각 소리를 부른다 살내음이 두렵다

7

오촌은 살을 태워버렸다 뼈를 부숴버렸다 그 많은 생각들을 술들을 연기들을 다 버리고 갔다 그 머나먼 모래의 땅 온몸 뿌려버렸다 이제는 부치지 못하는 엽서 혹은 편지 무수히 사막을 떠돌 것이다 살마저 뼈마저 가버린 날 화려하게 보내던 날 마침내 뼈조차 한 줌 살로 化하리라 살은 드디어 뼈로 기어오르리라 한 움큼 공기로 이 지상을 부유하리라 영원히 영겁하리라 살이여 안녕 뼈여 안녕

8

여전히
살아 있다 살아

남아 꾸역꾸역
뼈를 부수고 있다

창녀

시인은 몸을 파는 나무다

달 한 놈
달 한 년
지구를 훔쳐 먹고 있다

저 무수히 공중을 미끄러지는 바람의 세포들이여

너무 깊숙이 보아먹은

살의 지랄들이여

J

부를 수 없어 불러주지 않았어 논바닥을 기어가는 풀 밟아버렸어 아프다고 소리칠 수 없었어 사뿐 지나가라고 우물 풍덩 빠지라고 헤헤 웃으며 부르는 감나무 피해 가라고 비켜주는 옻나무 담장을 에워싼 돌들이 달그락거렸어 장독대 두 발 딛고 선 엉덩이를 깐 독들이 무얼 숨겼는지 너무 궁금했어 썩어가고 있었던 거야 된장이 썩어가고 김치가 썩어가고 독 안에 갇힌 소금들이 사그락거렸어 달이 검은 외투를 입고 어슬렁거렸어 할머니는 잠들었어 할아버지는 이미 무덤으로 떠나버렸어 아버지가 마구 짖었어 어머니는 들판으로 싸돌아다니고 형이 집 나가고 기타 줄이 둥둥 떨어져 나가고 누나는 어디 갔을까 보이지 않았어 고무신은 검정 고무신은 야유회를 다녀왔어 흑백 사진으로 찍혀 나오며 고무신은 아무렇지도 않았어 집에서 도망치고 싶었어 고양이처럼 쥐처럼 돼지처럼 소처럼 개처럼 토끼처럼 염소처럼 울고 싶었던 거야 부를 수 없다는 것은 거짓말이야 이미 너 안쪽에서 불렀잖아 J한테 끌려갔어 J한테 무릎 꿇었어 그리고 끝난 거야 청춘이 네가 인생이 그렇게 그렇게 하찮게

할머니를 도청합니다

할머니는 허리를 접어 콩을 깝니다 톡톡 튀는 콩들이 어디론가 도망을 칩니다 할머니가 테레비를 선풍기로 오인해 그날은 참 바람이 많이 불었지요 콩들이 바삭바삭 신음을 터뜨리며 할머니를 흥분하게 만들었습니다 소주 한 잔에 달아오르는 과부 팔자라는 게 참 기막혀 소주를 벌컥 들이켰습니다 과부 팔자로 꼿꼿이 견디었는데 손주놈이 늘 지 애비 구박하는 걸 듣고 복장이 터질 노릇입니다 할머니 콩잎을 탁 매만지다가 콩알에 맞았습니다 콩알이 뭐 총알처럼 할머니 가슴에 박혔습니다 테레비 보며 깨우친 전쟁을 콩알들과 합니다 콩알이 할머니 가슴을 치면 할배 생각이 문득 납니다 그놈의 할배는 무슨 청승으로 그렇게 빨리 나자빠졌는지 저승에서 무얼 하는지 궁금하기도 합니다 할머니는 손주놈이 詩나락 까먹는 소리로 지 할매를 입에 오르락내리락 한다는 소리를 들었습니다 지가 뭐 대단하다꼬 할매 인생을 안다고 설치는 걸 엿들으면 고약한 손주놈이 그리워지기도 합니다 손주놈이 詩나락 까먹는 소리 꽥 지르면 이놈의 할망구 눈으로는 그놈의 詩가 詩씹으로 여겨집니다 그래도 뭔가 끄적거리는 콤퓨타 앞에 앉아 할매를 팔아먹는 손주놈 보고 있으면 꼭 콩알마냥 손주놈이 가

슴에 와 박힙니다 지금 할머닌 허리춤 꽂았던 곰방대로
한숨을 푹푹 그려냅니다 담배 연기로 사라졌던 청춘을
불러 세워봅니다 할망구 가슴에 콩알을 쏘았던 그놈의
젊은 남편과 손주놈 곱씹어봅니다 지 애비 닮아보지도
못하고 자식새끼 구박만 받는 아들놈이 못내 가련하기
도 합니다 詩씹 같은 그놈의 시를 쓴다는 이 할망구를
용케 잘도 팔아먹는다는 손주놈을 읽으면 지 애비 말대
로 정말 표절 시비를 걸어야 할지도 모릅니다 못된 손주
놈이 지 할매 詩 바꿔 먹었습니다 콩잎마냥 지 할매 가
슴을 훑어 지 할머니 가슴에 콩알 총알 박았습니다 詩씹
에 빠진 손주놈은 이제 할머니의 가슴을 감청하고 싶어
합니다 할머니를 아예 도청합니다

할머니는 심심합니다

할머니는 도리어 내게 심심하겠다 한다 여전히 놀아 줄 장난감이 없어 심심하겠다 한다 아기가 없는 날 얼마나 심심할까 걱정하는 눈치다 집에 돌아오면 안아줄 장난감이 있어야 하는데 아직도 아기 없는 손주놈의 심심함이 너무 걱정스럽다 할머니의 장난감은 너무 커버렸는데 아니 다 늙어버렸는데 심심하지 않을까 할머니는 아주 심심합니다 왜냐하면 모두들 할머니를 안아주려 야단이기 때문입니다 간혹 텅 빈 집이 안아주고 염소가 개가 소가 할머니를 안겠다고 야단법석입니다 하지만 아들 내외는 할머니를 안아주지도 안기지도 않습니다 모두 할머니이기 때문입니다 젊은 놈은 코빼기를 찾아봐도 그림자도 없습니다

프라하에서 할머니를 만나다

돌의 비늘 밟으며 무작정 걸었습니다 돌의 아가미들이 자꾸만 호흡하는 것 같아 미안했습니다 돌부리를 걷어차며 돌 뿌리는 어디까지일까 저 뿌리는 어디까지 제 몸 숨기고 호흡할까 프라하는 돌들이 마냥 흐르고 있었습니다 빨간 지붕을 단 배는 다닥다닥 정박 중이었습니다 돌들이 흐르는 대로 흘렀습니다 창을 열면 문득 튀어나올 것 같은 돌의 눈망울 늙은 할머니를 프라하에서 만날 뻔하였습니다 돌이 아가미를 열며 까르륵거리자 그만 돌의 집 갇히고 말았습니다 보헤미아 왕국의 보헤미안들이 악수를 건넬 것 같았습니다 할머니는 저를 구걸하였습니다 바삐 골목길을 빠져나오며 할머니의 낡은 손을 보고야 말았습니다

두발자전거를 탄다, 염소는

지푸라기 푹신푹신한 침대 걷어차 고삐 맨 밧줄 끊어 염소는 자전거 만든다 두 바퀴에 눈을 달고 내달린다 어디로 질주할까 염소 세 마리 한참 빙빙거린다 할머니가 건네는 밥도 싫어 부룩송아지 징징거리는 하품 정말 싫어 염소는 가출을 결심한다 염소는 까만 옷 벗고 쨍그랑 별 옷 입는다 길게 뻗은 별들의 레일 따라 밤하늘 질주해보는 것이다 할머니의 꿈자리가 걸려 넘어진다 염소는 지금 상여를 실어 나르는 걸까 할머니도 밤하늘로 기어오른다 별들의 사닥다리 발 걸치며 땅에 내린 뿌리들 쉬 뽑히지 않는다 할머니의 꿈 가로질러 염소의 두발자전거 벌써 별의 小驛마다 할머니의 꿈들 내려 놓는다 찰칵 찍혀 흐르는 별들의 반짝임 할머니의 꿈 어느 小驛에 내린 걸까 염소는 두발자전거를 탄다 두발자전거 바퀴를 굴리면 줄지어 흐르는 자전거 떼들 별들의 레일은 어느새 자전거로 만든 기차가 달리기 시작하는 것이다 할머니의 꿈들은 칙칙폭폭 별들은 찰랑 찰그랑 염소 세 마리 실어 나르는 할머니 적막의 시신 할머니의

개꿈들이 한참이나 덜컥거렸다

p

그는 너이고 너는 그이다 그는 너와 아무 상관없이 너였고 너는 그와 상관없이 너였고 너와 그를 이어주는 나는 어디에 있는가 나는 어디에도 없다 나는 나이므로 너였고 그였고 나였다 세월이 흘러 나를 찾아가서 너를 부르면 그가 튀어나오고 그를 부르면 내가 뛰어가고 나를 부르면 부르지 마라 부르지 마라 쓸데없는 짓 짓이라고 자주 그랬다 나는 늘 나이기를 주장해 그가 떠나고 네가 떠나고 나는 사라졌다 나는 아무 것도 아니었으므로 아무렇게 살았다 그가 달려오면 그에게 붙고 네가 부르면 너에게 메아리 되고 나는 아무렇지도 않게 헤매고 다녔다 그래서 p 근친상간인 p 내가 너였고 그였고 나였으므로

내 인생의 중세

그가 죽자 그의 시는 마약 같은 나의 시의 길이 되었다 일상에서 완벽하고자 하였던 그가 무너지자 그의 시는 입 속에 검은 잎을 물고 잠들었다 그의 시는 검게 타들어 물들었다 그의 시는 몰락 같은 희망을 주섬주섬 챙겼고 불은 꺼졌다 그의 죽음이 질질 끌려 나와 세상의 한 귀퉁이를 채우자 나는 사랑을 잃고 그의 시를 베꼈다 그리하여 나도 그처럼 사랑을 잃고 썼다 외로이 빈집 갇혀 희미한 창호지 구멍으로 들이미는 십자가의 구원을 보았다 술 취해 악악 소리치며 그를 껐다 그가 남겨놓고 간 시의 제목이 내 인생의 중세였다 한다 스물아홉이 이르자 느낀 인생의 중세는 순결이다 도로아미타불인 순결이다 상처받은 영혼이 경전을 읽었다 아무도 경전을 읽고 인생을 구하지 않았으므로 그는 경전을 읽었다 검은 페이지가 대부분인 그의 인생이 무릇 경전을 가까이 하게 하였다 중세의 가을 순결을 다 바쳐 사원에 들어서면 불은 꺼졌다 경전은 손전등 아래 春畵로 불그레하였다 순결도 경전도 추풍낙엽이었다 사원은 도덕을 재무장하고자 하였지만 도덕을 느낄 수 없었던 그는 사원에서 추방당하였다 그가 추방당하자 근대를 살아가지 못하고 마음이 중세인 여러분들을 개관하곤 하였다 그러나 그의 시는 마음이 우울한 이에게 약간은 씁쓸한 위안을 제공하였다 중세는 경전을 읽는 이들이 도덕 안에 갇혀 허우적거리며 밑줄을 그어가며 아무도 의심하지 아니하였다 면죄부를 옆구리에 차고 불을 껐다 먼저 간 그의 시가 마음의 중세를 읊고자 하였다면 그의 시는 우울하였다 그의 삶이 문을 열기엔 바깥 문고리가 미리 채워져 있었다 그는 시인이었다 마력을 매력으로 바꾸기도 하고 질투를 시의 힘이라고 감히 말하고자 하였던 젊어서 늙은 시인이었다 극장은 인생을 상영하기로 하였다 극장에서 죽을 수밖에 없었던 그를 자막으로 흘리는 시를 감히 상영하기로 할 것이다 늘 읽고 쓸 수밖에 없는 또 다른 그 아닌 그는 그가 남긴 내 인생의 중세를 이어가고 있다 나는 살아서 헛것이었다 아니 헛살았다 잘못 살았다고 말하며 그를 베끼고 있다 지금은 어이없게 시를 알약처럼 먹는다 그의 시를 쓴 약처럼 먹는다 내 인생의 중세는 암암리에 청춘이었으므로 그를 그의 시를 삼킬 수밖에 없다

옷을 닮은 살들

옷걸이에 옷을 닮은 살들이 걸려 있다 텅 빈 살들이 말라가고 있다 누군가 저 살들을 걸어 말렸을 것이다 살들이 바삭바삭 마르면 영혼은 가볍게 달아날 것이다 비누 거품을 받아내면서 물거품에 소용돌이치면서 영혼들이 모욕당했을 것이다 탱탱하던 살들의 축제 살들 부풀어 오르게 만들었던 영혼들의 뒤죽박죽 옷을 닮은 살들은 물벼락으로 세제구름으로 구타당했을 것이다 시퍼렇게 멍드는 살들 영혼들 가볍게 걸려 있기 위해 하얀 피들을 폴폴 날리면서 살들이 옷걸이 옷들 사이에 숨어 있다 빨랫줄에 대롱대롱 매달린 옷들 매달린 살들

청춘극장에서의 나날들

동광국민학교

문예반에서 글짓기를 하는 날이면 벚꽃나무 가슴을 안으며 은유의 무게 가늠해보았다 친구들은 뜀틀을 사뿐 넘어가고 박정희 대통령의 전기를 읽으며 촌놈들은 군인이 되고 싶었다 반공 글짓기와 반공 포스터 속에서 선생님과 함께 북녘을 향해 빨간 색칠을 했었다 점심시간 우리 반 담임선생님 도시락보다 빵과 우유를 먹었다 웬걸 그 빵이 죽도록 먹고 싶었다 하교 길에 동무들과 장난을 치다 가방을 웅덩이에 빠뜨리자 얼마 안 되는 저금통장 숫자들은 얼굴이 퉁퉁 부어올랐다 어머니는 피멍 든 노을이 지는 논바닥에서 저물도록 흙을 갈아엎었다 아버지는 늘 외출중 밤늦게 술주정으로 돌아왔다 개들이 컹컹 짖었고 어둠뿐인 마을 할머니의 잔기침 소리 가늘게 떨었다 어멈아 밖에 애비 왔나 보다 세상에서 아버지만이 죽도록 미웠고 하교 길에서 자주 아버지를 죽이고 아버지 없는 날 살아갈 궁리를 하였지만 동광국민학교 앞 구멍가게에서 먹은 핫도그와 찐빵은 여전히 맛이 좋았다 아버지와 아무런 상관없이

마산극장

혹 누나의 얼굴도 저렇게 화사하게 필 수 있을까 벌거벗은 여배우의 겨울 다리 또는 무르팍처럼 겨울이 한창을 지나도 마산 앞 바다 진눈깨비 진눈깨비 진눈깨비만 내리고 남도 썩은 바다의 뒷굽에서 누나는 눈을 몹시 그리워했다 새벽녘 야근에서 돌아오면 폭설이 내리는 남항 핏줄 선 누나 다목다리 쓰다듬을 사내를 그리다 꿈같은 폭설 발을 헛딛곤 하였다 그러나 어김없이 잦아들던 암순응의 바다 물결이 출렁대고 나는 자주 여배우의 겨울 다리 근처에서 사춘기의 사랑을 그렸다 화장실 낙서의 정직처럼 사랑은 해답을 구하지 못해 발목이 저당 잡히던 겨울밤 푹푹 극장 안에서 아무도 몰래 호주머니 삐죽이 솟아나는 욕망을 만지작거렸다 도란도란 자막을 오르내리던 절망의 암호들 내가 풀기엔 너무 어려운 질문이었다 남항의 도시 무르팍 적시는 바다 진눈깨비는 바다의 가슴으로 사뿐히 가라앉고 찰그랑찰그랑

담쟁이넝쿨

돌 칭칭 감아라 흙 꼬옥 껴안아 쓰다듬어라 흙으로 기어오른 것일까 돌 다닥다닥 어깨 부딪고 침입자를 경계하던 담장 한 움큼 넝쿨이 기어올랐다 쓰레트 지붕 아래 켜켜이 솟는 백열등 삼십 촉 그리움은 어둠을 넘어 새벽이 올 때까지 눈망울 굴리고 있는 건 아닐까 뿌연 저녁 연기를 피워 올리던 고향을 뒤로 하고 도로변을 따라 꽁꽁 어깨를 걸고 구호로 만났던 우리들 어느새 희망의 낱말이 되었다 그러나 아버지의 긴 한숨 사이로 나는 요리고리조리 피해 달아나고 있었다 펑펑 최루탄이 눈발처럼 날리던 흑백의 무풍지대 텔레비전 앞에서 아버지는 구별 없는 자식의 발목 잡았다 놓았다 줄다리기 하였다 그리하여 어느새 자식새끼 목 놓아 그리면 아들놈의 발목 따라 제 흔들림의 깊이만큼 흐르던 강

낱말 찾기

어디로 가야 하나 어느 곳에 꼭꼭 숨어 있을까 선생님

이 된 나는 술래가 되었다 무궁화 꽃이 피었습니다……
무궁화 꽃이 피었습니다 몇 번이나 눈을 감았다 찾아야
할 것이 너무 많은 시대의 간이역에서 얼마나 많은 기차
를 보내야만 함께 탈 기차 만날 수 있을까 꿈결에나 내
리는 폭설 소망하는 무궁화 꽃으로는 쉽게 찾을 수 없는
아직도 난 두 눈 손바닥으로 감춘 술래이다 내딛는 발굽
마다 아스팔트 身熱이 먼저 달아오르는 숨바꼭질 가쁜
숨 몰아쉬며 찾아가는 길 되레 꼭꼭 숨어버린 도망자가
된 술래다 한바탕 술래로 헤매다 쓸쓸한 자취방으로 돌
아오면 스물아홉의 내 시로는 채우지 못한 낱말 찾기 사
전에는 덩달아 기록되지 못한 낱말들이 까무러치고 영
영 깨어나지 못할 것 같았던 스물아홉 해의 잠 그 안팎
으로 절망은 가장 절망적일 때 사랑이라고 뱉어낸 잘 씌
어지지 않는 나의 스물아홉 해의 夢精, 혹은 거짓말

구만중학교

하늘 아래 중학교가 세 학급밖에 없는 학교가 있다는 건 정말 몰랐습니다 전교생의 이름을 내 서툰 기억으로 다 외울 줄도 정말 몰랐습니다 석유 난로가 겨울을 녹이는 학교 교무실이 있다는 것도 참 신기했습니다 나무 창틀이 바람을 맞서며 털털거리는 것도 얼마나 신기한지 모릅니다 이층에서 아이들이 떠들면 담임선생님인 제가 가슴을 콩닥거려야 하고 먹을 것이 많지 않아 배불뚝이 아이는 한 명도 없는 마른 학교입니다 전교조신문이 오기도 하고 되돌려지기도 하고 아이들이 진주난봉가를 부르면서 사내놈들은 벌써 오토맨이 되는 난봉꾼을 꿈꾸기도 합니다 정말 난봉꾼을 어린 계집아이들은 여명의 눈동자와 혹은 이생진의 성산포를 들으면서 때론 심각해지기도 합니다 어린 저희 총각 선생님이 장가를 왜 못 가는지 엉성한 소문을 뿌리기도 합니다 간혹 계집애들이 입에 담긴 힘든 저희 총각 선생님의 물총을 의심하곤 합니다 여기선 꼴찌가 제일 돋보이는 학교입니다 어느 선생님이나 복수의 풀어진 웃음과 상구의 서툰 글 읽기를 기억하기 때문입니다 그래서 상구와 복수는 우리 학교의 맹물 아닌 명물입니다 소풍 가서 춤을 추자고 하면 어디서 배웠는지 도회의 무희들이 추는 옷 벗는 춤을 어린 사내놈들이 잘도 춥니다 요즘 아이들은 심각한 것을 참 싫어합니다 저희 선생님도 갓 꺾여진 오십을 겨우 넘겼는데 세대 차이가 난다고 하니까요 참 허무맹랑하지요 정말 그런지도 모릅니다 광주의 학살을 이야기하거나 데모에 대하여 이야기하면 벌써 눈망울이 동그래지는 아이도 있습니다 그러나 몇몇은 얼마나 지겨워하는지 모릅니다 아이들은 때때로 저희 선생님을 개관해 놓고 있지요 국민학교를 갓 졸업한 어린 사내놈들은 선생님의 팔을 잡아당기기도 하고 팔씨름을 하자고 보채기도 합니다 정말 장가는 가지 않을 거냐고 내 인생의 풀기 어려운 숙제를 내어주곤 합니다 그때는 아이들의 숙제가 정말 하기 싫어지기도 합니다 그러나 우리나라 학교는 아무리 작아도 똑같은 얼굴입니다 조금만 어긋나도 선생님이 그럴 수 있습니까 학생들을 어떻게 키우려고 그럽니까 협박 아닌 협박을 받곤 합니다 참 대단하지요 하늘 아래 중학교가 세 학급밖에 없다는 건 처음 알았습니다 선생님의 냉장고 무엇이 들어 있을까 살며시 열어보는 학교 구만중학교에서 처음 알았습니다

계룡산 박비녀 민박집 할머니

박비녀 민박집 할머니는 귀신 냄새를 닮았다 어디론가 헤매며 돌아가지 못하는 영혼들을 붙잡아 군불을 지폈다 밤 이슥하도록 할머니의 영혼이 이름처럼 무섭지 않을까 조바심했지만 할머니는 우리를 잡아먹지 않았다 피곤한 등허리 휘어지도록 마른 장작들이 고함을 치면 창호지 문틈으로 계룡산 계곡물은 찰랑찰랑 잠귀를 두드렸다 멀리 떠밀려 온 자의 외로움은 밤새 송이 눈으로 쌓였다 그리고 똑, 아침을 두드리면 산 어귀에 가부좌를 튼 동학사 어깨에 눈 훠어이훠어이 내려앉아 눈사람이 되었다 박비녀 민박집 할머니 눈사람을 닮았다

물 위에서의 하루
—베네치아

누가 이 섬 위에 집을 지었을까 섬 전체를 지붕으로 덮어버렸을까 지금 물 위를 걷는다 초록의 가면을 쓴 저 물살의 걸음들 물살은 조용히 걸어가며 섬을 자맥질한다 물은 섬을 가로질러 길을 낳았다 수로를 닮은 주름의 골목길투성이 이곳에선 아마 무수한 숨바꼭질이 벌어졌을 거다 술래는 아마 아무도 찾지 못했을 거다 도리어 골목길에 갇혀버렸을 것이다 다시 바다에서 술래를 찾았을지도 모른다 초록의 가면을 쓰고 어디론가 흘러가는 물의 술래를 찾았는지도 모른다 저 초록 가면의 물살과 대낮부터 몸 섞고 말았으니 베네치아에서 초록 인간이 되었다 물 위 한낮의 가면무도회

카프카를 찍다

너는 왜 어스름 골목길 사진으로 박여 있는가 좁은 골목길 해거름 따라 걸었다 창문을 두드리며 널 만나기 위해 변신 한낱 벌레로 다시 이 지상을 두드린다면 네 사진 속으로 숨을 수 있을까 네가 꿈꾸었던 책들이 가지런히 낯선 방문객을 쓰다듬고 작은 백열등 햇살이 은은히 골목길을 연다 그래서 황금소로라고 불렀을까 여긴 카프카가 가지런히 박제되어 있는 곳 단지 네 창문을 서성이며 영혼을 훔친다 스멀스멀 벌레 한 마리 프라하 성 오래이 갇혔다

랭보를 닮은 가을이 간다

랭보를 시를 따라 골목길을 걸으면
뒤따라 걸어오는 사내도 그림자도 모두 다
가로등 아래 어깨를 기대며 하늘로 기어오른다
하늘에 다가가 보아야 하늘을 안다고
전봇대 모양으로 긴 마음을 뻗쳐 하늘의 전선에다
마음을 건다 마음을 잇는다

랭보를 닮은 가을 하늘이 오래이
먹구름 하나 흘리지 않는다
구름 하나 영혼에 걸어놓지 않는다
누가 저 푸르른 하늘에 박힌 구름의 흔적을 알까
누구 하나 저 푸르름을 뒤집어쓴 구름의 마음을 알까
랭보를 닮은 저 구름의 베일 푸르름을 알까

랭보를 닮은 가을이 가고
구름의 베일을 감추고 하늘로 웃음 흘리는
저 기고만장한 환장한 가을날도 가고

랭보는 남는다 푸르름의 가을 하늘 아래로
조그만 먹구름의 골목길 휘저어 걸어가는

사내의 낡은 다리가 되어 랭보는 걷는다
랭보를 닮았다는 이유로 유일하게
이 지상을 견디는 가을이 되어
랭보를 닮은 가을이 간다
터벅터벅 가을이 걷는다 어디론가로

안개의 주식을 너무 많이 갖고 있다

안개의 가슴을 훔치며 안개의 주식을 팔았던 시인은 아직도 안개 속에 있지 얼마나 거대한 안개의 풍경을 거느려야 안개의 가슴을 감출 수 있지 안개의 가슴은 늘 비어 있는 욕망으로 부풀어 오르고 안개 너머는 바다였다 안개 너머는 무엇이 있을까 자주 물었던 시인은 안개 속에 갇히자 안개 안팎을 구분할 수 없잖아 거짓말의 안개를 탓하곤 하였네 안개의 가슴은 늘 솟아 있을 뿐이야 비어 부풀어 오르고 그 사이를 질주하는 차들이 쑥쑥 걸어나오곤 하는 마술을 부리기도 하지 얼마나 거대한 안개 속에 갇혀야 안개의 가슴을 본 흔적을 지울 수 있을까 안개는 안개로 커밍아웃 하지 않아 세상이야 안개의 가슴은 늘 보여 그래서 자주 보았던 거야 안개 너머로 아직도 안개의 시를 팔아 커밍아웃을 서두르는 안개의 시인들

넌 아직도 안개의 가슴을 훔쳐보니
안개의 주식을 너무 많이 갖고 있다

오늘은 아무에게도 전화 넣지 않았다

오늘은 아무에게도 전화 받지 못했다 당연히

무수한 누드의 살들을 관람하였다 생각이 많으면 고독하다
고독하면 얼마나 악랄한지 모른다
악랄하면 얼마나 행복이 아픈지 모른다
그 무수한 관념의 살들이 육체를 호명하면
그의 고해성사는 도로아미타불이다
육체를 건드리면 생각이 우두커니 가로등을 껴안고 빛물 흘리고 있다
빨아줘 빨아봐 그 무수히 떠도는 sucker의 몸짓
나무는 무수한 관념의 살들을 견디고 있다
나무는 지금 죽음처럼 입을 벌린다
가랑이를 연다 저기 지금 이파리를 피워 올린다

이파리들이 메마르게 겨울을 닦는다
겨울 나뭇잎은 더 이상을 몸을 일으키지 못한다
겨울은 나뭇잎의 텅 빈 물관을 빨고 있다

누드의 살들을 너무 많이 훔쳐보았다

생각들은 거짓말처럼 부풀어 오른다

생각을 아파하면 살들은 너무 고독하다

고독한 살들을 쓰다듬는 일은 죽음으로 가는 고속도로다

오늘은 죽음의 살을 과년한 생각들을 내버려두었다

제멋대로의 살들이 제멋대로의 생각을 쑤셔 박는다

겨울의 살들은 이파리 하나 남겨 두지 않는다

겨울은 거짓말처럼 오는 봄을 더 이상 만지지 않는다

겨울은 봄을
건드려 여름을 빨아라 가을은 겨울이고 봄은 여름이고 여름은 겨울이고 봄여름가을겨울 모조리 한통속이었다 겨울을 만지작거리면 누드의 살들은 너무 따뜻하다 겨울이 난로 앞 누룩누룩 봄들을 불사르고 있다 아지랑 아지랑이 피어오르는 저 몽환의 살들아 지지배 지지배

배 더 이상 짖지를 말아라

생각이 많으면 살들은 고독하다

고독하면 살들은 뒤죽박죽이다

오늘은 아무에게도 전화를 넣을 수 없었다 핸드폰을 또각또각 걸어 나오는 저 무수한 문자의 누드들 그는 당연히 이 지상과는 불통이었다 오늘은 아무에게도 전화를 받지 못한다 오늘은 아무에게도 전화 넣을 수 없다 당연히 오늘은 아무렇게나 전화를 한다 오늘은 누구나 소리에 감염되고 만다 저 어리석은 살들의 전화질이여

악마의 창녀

너에게 몸을 주고 도망치던 날 나는 내가 무서워지기 시작하였다 너를 훔치며 갖은 아양을 피우던 날 몸은 몸 스스로 달아올랐다 악마를 믿는다고 죽음을 그리워한다고 속삭이며 살 궁리를 하였다 삶이 어차피 도박임을 한 번의 베팅으로 산산이 부서짐을 너에게 말하지 않았다 삶이 너를 묶어 두어도 나는 너의 노리개였다 너의 몸 따라 일어서는 몸을 가누지 못하였다 누군들 몸을 두려워하지 않으랴 몸이 삶이고 기계이고 살이고 자연이고 죽음이다 너에게 몸을 주고 파르르 떠는 영혼을 토막 내었다 살 안에 영혼이 영혼 안에 몸이 자본이 속삭이고 있다 너의 몸을 훔치던 날 나는 나를 두려워하였다 자신을 무서워하는 저주하는 몸은 어찌할 수 없다

악마의 창녀 너 몸 몸이여

봄비

봄 안으로 투신하는 저 비의 날개들
땅으로 처박히는 날갯짓
줄지어 하수구로
땅으로
저 구멍으로
어둠으로

소용돌이친다

비는 저 공중을 헤엄친다

봄의 날개를 뚝뚝 부러뜨리며

유리창

죽음 너머로 죽음이 보이는 걸까
파닥이다 만 젊음
빛, 나에게로 쏟아져 타들어가는 빛
茶毘
뼈, 이 지상을 견디기 위한 무게중심아
살, 곳곳이 불타면
깨어져버리면 한 조각의 삶
때론
날, 자신을 찌르는 견딜 수 없는 사랑
피, 나를 흐르게 하는 강
바다, 넌 거기서 왔구나
어쩔 수 없이 강 그리움의 물살
껴안기 위해 투명한 손바닥을 펴 보이는구나
어쩔 수 없이
죽음 너머 죽음 닿는 데까지

비를 해체하라

비를 곱게 찧어 가루로 만들자 비는 비로 내린다 하나의 물방울로 줄지어 비로 내린다 네 몸 안 비를 전부 퍼내어도 비의 흔적들이 비로 흐르고 흐른다 비로 내리던 기억들이 추억으로 스며들지 못해 창밖 대롱대롱 매달려 있다 누가 비를 난도질할 수 있다고 말하는가 비는 아무리 토막살해 해도 비로 줄지어 내린다 비를 해체하는 유일한 길은 태양을 하루 종일 붙들어 매는 일이다 비를 살균하는 비를 해체하는 태양을 네 몸 안에 심는 일이다 불타는 몸 불타는 비 갈가리 찢어지는 비

할머니와 소년*

할머니는 이젠 상큼한 소년이 되었습니다 젊은 날 비녀도 풀어버리고 여자도 싹둑 잘랐습니다 여든의 몸이 까까머리 소년처럼 훤해졌습니다 여자도 남자도 다 버리고 해맑게 굽은 허리를 접는 할머닌 이젠 죽음 앞에서도 당당합니다 파마머리도 아니고 단발머리 소녀도 아닌 상고머리 중학생이 되었습니다 할아버지 젊은 날처럼 할머니가 늙어갑니다 할머니는 이젠 할아버지입니다 할머니를 할아버지 무덤 안에 함께 묻어야겠습니다

* 도대체 그의 시를 읽어낼 수 있는 그의 시론이 존재할 수 있을까. 부재하므로 존재한다고 하자. 그리고 부재하므로 존재하는 그의 시의 골목길을 걸어가기로 한다. 우선 그의 시가 걸어가는 길을 골목길이라고 끝이 잘 보이지 않는 뫼비우스의 띠라고 여기고 걸어가기로 한다. 아니 걸어갔다. 그가 그 골목길을 걸어갔던 날들은 언제였던가. 무엇 때문에 대로를 곁에 두고 골목길을 걸어가기로 하였을까. 단순한 생각이 자신을 짓눌렀을 것이다. 그리고 오만하게 걸어갔을 것이다. 그가 걸어갔던 골목길이 그에게 시였고 함정이었고 닫힌 출구였다. 그리하여 그는 드디어 미로에 섰고 미혹에 빠져 迷妄에 흔들리며 미궁 속에 갇혔다. 한마디로 그의 시의 골목길은 미궁이었다. 아니 그의 시보다는 그가 미동에도 파르라니 떠는 미궁이었다. 그런데 그는 미궁을 惑한다고 느껴 미궁을 탐하기 시작하였다. 드디어 불행의 왕궁에 감히 들어선 것이다. 은유의 살갗에는 소름이 돋고 태양마저도 텅 비어 있는 암중모색의 구중궁궐이었다. 환각의 구름들이 떠돌아 다니고 성의 구분조차 없는 비들이 쏟아지기 시작하였다. 그는 그의 시는 惑하였다. 그는 스스로에게 惑하였다. 스스로는 그것을 魅惑이라

고 명명하였다. 그러나 그것은 추방의 알리바이였다. 이 지상에서 스스럼 없이 물러나야 할 매혹이었다. 불안의 숲이 열렸고 불안의 나무들이 불안하게 흔들리고 있었다. 미궁은 불안의 나라였다. 그에게는 불안의 공포였다. 공포의 불안이었다. 불안의 비들이 쨍그랑거렸고 파편처럼 땅으로 꽂혔다. 땅은 불안의 비들을 맞았다. 온몸으로 맞았다. 아스팔트처럼 그는 불안의 비들을 통통 튀게 하였다. 불안의 비를 너무 많이 맞은 그는 오래이 앓아야만 하였다. 사람들을 견디지 못하였고 스스로를 더더욱 견디지 못하였다. 비마저도 그에게는 불안하였다. 불안한 비를 주사 맞으면 온통 身熱이 달아올랐다. 이젠 비의 숲으로 뚜벅뚜벅 걸어갔다. 그의 비숲은 자못 혼란스러웠다. 비는 그의 영혼을 세탁하다가 그의 영혼을 비로 감염시키다가 그를 비로 만들어버리기도 하였다. 그래서 그는 비로 내렸다. 쨍그랑쨍그랑거리며 젖을 수 없는 비로 내렸다. 그러나 그의 비의 영혼은 늘 축축하였다. 쨍그랑거리는 비, 또르륵 구르는 비, 젖어 타오르는 비, 데굴거리다 처박히는 비. 그는 비의 손아귀에서 벗어날 수 없었다. 사람들도 그는 비를 벗어날 수 없다고 하였다. 그는 어쩌면 비로 내리다 증발해버리고 싶었을 것이다. 흔적도 없이 이 地上을 증발해버리고 싶은 것이다. 불안의 골목길을 걸었다. 불안의 비를 맞았다. 골목길에 갇혀 맴맴거리기만 하였다. 이 지상과의 통화를 하기엔 비를 너무 많이 맞아버렸다. 문득 너무나 멀리서 할머니의 시를 켠 불빛들을 보았다. 아마 강물을 따라 흐르는 네온의 불빛을 잘못 본 것인지도 모른다. 세상은 여전히 혼미하니까 그도 덩달아 혼미하니까, 그는 弱視의 눈으로 네온을, 할머니가 켜고 있는 시로 착각하였는지 모른다. 錯視의 시, 착각의 시, 환각의 시, 불안의 시, 공포의 시, 비의 시, 골목길의 시, 할머니의 시. 비로 내렸다. 불안하게 내렸다. 골목길로 내렸다.

할머니 그는 할머니의 시를 도둑질하는 시인 놈입니다

해설

할머니에게서 소년을 보다

김동원

1

때로 소통로가 보이지 않을 때가 있다. 가령 죽음이 생의 마지막이라고 선을 긋고 나면, 그 앞에 선 삶은 더 이상의 소통로를 열지 못한다. 노년의 삶 대부분이 그 앞에 서 있다. 그렇게 되면 젊음은 갈 길을 열 수 있어도 노년의 삶 앞에 더 이상의 길은 없다. 우리가 무엇을 할 수 있으랴. 그냥 슬픈 눈길을 얹어주는 것 이외에 길은 없어 보인다.

동구권이 무너지고, 그리하여 한때 이상으로 추구해가던 이념의 빛이 바랬을 때, 많은 사람들이 또한 갑자기 갈 길이 끊기는 당혹감을 겪었을 것이다. 아마 그때 그 변혁의 길에 섰다가 행로를 잃어버린 사람들이 겪었을 심정은 몸만 덩그러니 버려진 느낌이었을 것이다.

혁명은 쓰러지고 아련한 육체만 남았다

—「어디를 원하니」 부분

시에 대한 나의 놀라움 중 하나는 시의 길을 따라가다 보면 이러한 상황 속에서도 종종 소통로가 열린다는 것이다. 그 순간 우리는 죽음 속에 삶이 있음을 보게 되고, 늙음 속에 있는 젊음을 접한다. 사회적 실천과는 가장 거리가 멀 것으로 보이는 서정적 울림 속에서 오히려 가장 큰 변혁의 힘을 보게 된다. 때문에 그때의 시는 대상에 대한 아름다운 표현의 의미를 넘어선다. 그것은 대상에 대한 장식적 차원의 부가물이 아니라 구원의 소통로로 작용한다. 그때 우리는 현실이 그렇다는 이유로 체념하거나 방치할 수밖에 없었던 막힌 길에서 다시 몸을 일으켜 세울 수 있게 된다.

나는 오늘 이찬의 시를 따라가며 그 소통로가 어떻게 막혀 있고, 또 어떻게 뚫리는가를 살펴보려 한다.

2

아마도 많은 사람들이 그의 시에 비와 할머니의 이미지가 빈번하게 등장하고 있다는 것을 어렵지 않게 눈치 챌 수 있을 것이다. 내게도 사정은 마찬가지여서 가장 먼저 나의 시선을 사로잡은 것은 어느 날 가을비 속에 서 있는 그였다. 그에게서 가을비는 회상의 비이다. 그는 가을비가 내리는 날 자신이 살아온 온 세월을 돌아본다. 그 회상의 세월은 치욕으로 점철되어 있으며, 그 때문에 그는 가을비 속에서 울고 있다.

> 가을비 내리자 온 세월이 따라 내린다
> 길 위로 길로 엎어져 걸었던 길
> 무수한 치욕들이 잔잔히 내린다 길 위로
> 길 사이사이로 젖어들며 잔잔히 따라온다
> 삶을 부를 수 없었던 나의 이름들이 비를 맞으며 운다
>
> —「가을비 속에서 운다」 부분

당연히 나의 관심사는 그가 말하는 치욕의 삶이 무엇일까에 대한 궁금증으로 기울지만 그 연유를 캐내는 것은 쉽지가 않다. 대개의 경우 치욕적 삶에 대해선 입을 다물기 마련이며, 그것은 이찬의 경우에도 예외가 아니기 때문이다. 내게 가능한 것은 "삶을 부를 수 없었"다는 진술로 미루어 그가 겪어온 치욕의 삶이 상당한 하중으로 그를 짓눌렀을 것이란 짐작 정도에 그친다. 하지만 비는 곧 그에게 설움이기도 하다. 치욕의 삶에 대한 궁금증을 접고 설움에 초점을 맞추면 그것의 연유를 짐작할 수 있는 실마리 몇 가지가 눈에 띈다.

우선 "반공 글짓기와 반공 포스터 속에서 선생님과 함께 북녘을 향해 빨간 색칠을 했"던 '동광국민학교' 시절로 눈을 돌려보면 그곳에서 우리는 시인에게 남아 있는 아버지의 잔상을 만나게 된다.

> 〔……〕 아버지는 늘 외출중 밤늦게 술주정으로 돌아왔다 개

들이 컹컹 짖었고 어둠뿐인 마을 할머니의 잔기침 소리 가늘게 떨었다 어멈아 밖에 애비 왔나 보다 세상에서 아버지만이 죽도록 미웠고 하교 길에서 자주 아버지를 죽이고 아버지 없는 날 살아갈 궁리를 하였지만 동광국민학교 앞 구멍가게에서 먹은 핫도그와 찐빵은 여전히 맛이 좋았다 아버지와 아무런 상관없이

—「청춘극장에서의 나날들」 부분

아버지와 함께 어머니란 말도 일반적으로 유포되어 있는 포근한 사랑의 이미지와는 거리가 멀다. 부탄의 이미지를 빌려 이 땅의 청소년들이 가지고 있음 직한 심정을 전하고 있는 시에서 어머니는 자신의 꿈으로 아이를 포박하고 있다. 아이는 엄마의 꿈에 포박된 자신의 현실에서 벗어나고 싶어한다.

〔……〕 아버지를 목 졸라버리고 엄마의 꿈에서 죄다 나를 꺼내고 싶었던 거야 〔……〕

—「부탄의 나라에선」 부분

여기에 겹쳐 형은 정신 분열의 양상을 보여주고 있다.

〔……〕 형은 서서히 분열하기 시작했다 몸을 오그렸다 어둠에 갇혀 어둠에게 통화를 하였다 〔……〕 사람들은 정신들이 어디론가 빠져나갔다고 하였다 〔……〕 죽음을 분열시켜 삶을 가둘 수 있는 이는 형밖에 없었다 형은 드디어 분열을 하였다 정신 분열이라고 말할 수 없었다 정신들은 분열하여 사람을 갈기갈기 찢어놓았다 가족들은 마음을 오그렸다 아주 오랫동안

—「형의 분열」 부분

"죽음을 분열시켜 삶을 가"두었다는 것은 형이 오랫동안 정신 분열의 증상을 보였으며, 그러한 현실 앞에서 가족 구성원의 삶이 모두 그에게 속박되었다는 말의 변형으로 보인다.

가난한 살림을 거들던 누나 또한 빼놓을 수 없다.

> 〔……〕 남도 썩은 바다의 뒷굽에서 누나는 눈을 몹시 그리워했다 새벽녘 야근에서 돌아오면 폭설이 내리는 남항 핏줄 선 누나 다목다리 쓰다듬을 사내를 그리다 꿈같은 폭설 발을 헛딛곤 하였다 〔……〕
>
> —「청춘극장에서의 나날들」 부분

다목다리는 냉기로 인하여 살빛이 검붉게 변한 다리이다. 누나가 처한 상황의 가난은 그 다리가 대변한다.

이러한 환경적 인자들이 삶을 둘러싸면 삶은 길을 열기보다 오히려 닫기 마련이다. 이러한 현실에 처하면 우리는 삶에 대해 체념하거나 세상을 기피하게 되고, 아니면 공격성을 띄게 된다. 가장 먼저 내 눈에 띈 것은 공격성이다. 가령 투명한 유리는 속을 모두 비추어주는 깨끗함보다는 그 속에 내재한 공격성으로 더욱 두드러진다.

> 〔……〕 넌 너무도 투명하여 모두가 널 훔쳐볼 수 있어 한 번은 널 건드리다가 널 빡빡 문지르다가 그만 널 깨트려버렸어 와장창 넌 조각나버렸지 네 영혼의 파편들이 무수한 사람들을 찔렀던 거야 유리의 몸을 들여다보던 사람들은 무서워지기 시작했어 유리의 몸은 날 선 파편들의 집합이기 때문이지 〔……〕
>
> —「유리의 몸」 부분

이러한 내재적 공격성은 폭발성까지 함께 갖고 있다.

> 〔……〕 누군가 나를 켜면 폭발하고 싶었어 나를 버리기 위해
> 나의 환생을 지워버리기 위하여 날 한꺼번에 폭로하고 싶었어
> 서서히 홀로 여기서 버림받고 싶었어 〔……〕
>
> ―「부탄의 나라에선」 부분

체념이나 기피는 길을 열려는 적극성을 상실한다. 공격성은 그에 비하면 대단히 능동적인 몸짓이지만 그러한 공격성이 길을 열어주지는 않는다. 그러한 공격성이 현실화되면 길은 그곳에서 끝나기 때문이다. 그리고 그러한 공격적 욕망은 시간이 지나면서 사회화란 이름으로 무마되어 간다.

따라서 이러한 현실이 한때의 설움이 될 수는 있겠지만 삶의 길을 열어가려는 적극적 의지 앞에서 계속 사람들의 발목을 잡는 일은 없을 것이다. 아마도 그 서러운 현실이 막았던 길은 시간이 지나면서 자연스럽게 열리지 않을까.

그러나 우리에겐 보다 심각한 문제가 닥친다. 그것은 정체성의 혼란이다. 그 정체성의 혼란을 대변하고 있는 상징물로 우리들은 이찬의 시 속에서 박쥐를 만날 수 있다. '박쥐'는 꿈을 갖고 있지만 현실에 포박되어 있는 삶의 전형이다.

> 밤에만 새가 되는 너의 나라에 가는 너의 나라에서도 늘 벽에
> 쿵쿵 쥐어박히는 너는 새냐 쥐냐 아무도 모르지 쥐도 새도 모르

게 죽는다는 이 나라의 속담에도 오르지 못하는 너는 날고파하여 새가 되었지 영혼이 낡아 쥐가 되었지 (……) 아무도 너를 새라고 부르지 않아 아무도 너를 밤새라고 황홀한 이름을 불러주지 않아 (……) 너의 밤은 늘 날개가 있지만 아무도 널 새라고 부르지 않아 넌 쥐일 뿐이야 너 혼자만의 날개를 단 쥐 쥐일 뿐이야

—「박쥐에 대하여」 부분

이찬의 경우 상황은 좀더 심각하다. 그가 사는 세상에선 박쥐의 경우처럼 꿈과 현실의 대립적 이항이 분명하게 구별되어 있지 않기 때문이다. 만약에 그 둘이 분명하게 선을 그어 대립하고 있다면 그냥 꿈을 부여잡고 현실과 맞서는 것으로 자신의 길을 가면 될 것이다. 그러나 세상은 이제 그러한 분명한 구별선을 상실하고 있다. 그가 쓰고 있는 시가 그렇고, 우리의 일상이 그렇다.

시가 산문을 먹자 산문이 시를 또 먹었다 영혼이 배고파 몸을 먹자 이제는 몸이 영혼을 먹기 시작하였다 (……)

—「산문시」 부분

이러한 상황은 중학교 교사로 짐작되는 시인에게서 삶에 대한 답을 빼앗아가버렸다.

어디로 가야 하나 어느 곳에 꼭꼭 숨어 있을까 선생님이 된 나는 술래가 되었다 (……) 찾아야 할 것이 너무 많은 시대의 간이역에서 얼마나 많은 기차를 보내야만 함께 탈 기차 만날 수 있을까 꿈결에나 내리는 폭설 소망하는 무궁화 꽃으로는 쉽게

찾을 수 없는 아직도 난 두 눈 손바닥으로 감춘 술래이다
〔……〕 —「청춘극장에서의 나날들」 부분

아마도 급속한 시대의 변화가 이러한 상황을 몰고 왔을 것이다. 민주화의 물결 속에서 그간의 권위주의적 문화를 청산해가면서, 또 기계 문명의 보급으로 기존의 가치 체계가 무너지면서 짧은 시간 안에 갑자기 가속이 붙은 세상의 변화가 기존에 우리들이 몸담고 있던 세상의 구도를 뒤흔들었을 것이다. 결국 변화는 우리의 길을 열어준 측면도 있지만 우리의 얼굴을 흔들어놓은 결과도 함께 몰고 왔다. 시인도 그 상황 속에서 예외가 아니었다. 그는 자신의 얼굴을 잃고 있다.

나의 정체는 무엇인가 〔……〕
—「발아래 비의 눈들이 모여 나를 씻을 수 있다면」 부분

문제는 이것이 피할 수 없는 현실이면서도 길은 보이지 않는다는 것이다. 말을 바꾸자면 끊임없이 우리의 삶을 간섭하는 현실을 앞에 두고 있으면서도 정면으로 시선을 맞대고 대처하기가 어렵다.

비의 눈들이 모여 옹기종기 모여 나의 구두 굽을 핥고
비의 눈들은 눈을 감았다가 동그랗게 뜨며 옷 속 실타래 사이로 침투한다
나는 나의 살갗은 비의 눈을 마주치며 전율한다 무엇이
비의 눈길 마주 보지 못하게 하는 것일까

젖지 못하는 것이다 온몸 비의 눈길 받아 소름끼치게 젖지 못한 것이다

—「발아래 비의 눈들이 모여 나를 씻을 수 있다면」 부분

비는 세상을 적시려 한다. 그 "비의 눈들"이 "옹기종기 땅을 훑고 나면 땅은 폴폴 살아나고 아스팔트도/미끈하게 맨 얼굴을 치장하"기도 하지만 시인은 그 길에 선뜻 나서지 못한다. 한편으로 우산을 꺼내 들기도 하지만 비로 향하고 있는 마음 한편의 움직임까지 잠재우진 못한다.

우산만 꺼낸다 우산만 꺼내어 비의 눈빛 바이케이드 친다

—「발아래 비의 눈들이 모여 나를 씻을 수 있다면」 부분

그렇다고 시인이 항상 비의 바깥으로 서 있는 것도 아니다. 시인은 비의 가장 은밀한 부분을 만졌다고 느낄 정도로 비의 한 중간에 서 있기도 하다.

비에 젖어 비의 관절마저 적셔 온통 비의 근육으로 비를 만나면 비의 성기는 불뚝 일어선다 비를 비를 만져버려 비를 불끈 솟구치게 하면 비 주르르 흐른다 〔……〕

—「비에 흠뻑 젖다」 부분

그러니까 비에 대한 시인의 태도는 이중적인 셈이다. 비의 눈길을 피하기도 하고, 또 비의 한가운데 서 있기도 하기 때문이다. 그러나 자세히 관찰하면 그의 비는 극장 안에서의 비와 혼란스럽게 뒤섞여 있다. 그 때문에 비를 맞

고 싶다는 그의 욕망도 햇살 아래서 비로 향하고 있는 구석이 있다.

햇살이야
비 맞고 싶어
비의 극장에서 —「비의 극장 혹은 감옥」 전문

가령 극장 안에서 비 내리는 모습을 상영했다고 해보자. 그때의 비는 실제적일 수 없다. 그러나 우리는 화면 속의 빗줄기에 젖고, 또 때로 그것에 심하게 감염되기도 한다. 우리들 대다수에게 있어 현실은 그런 것이 아닐까. 우리들을 그 속으로 뛰어들도록 끌어들이는 현실의 빗줄기가 실제로는 없는 것이 아닐까. 이찬이 제시한 「비의 알리바이」는 텅 비어 있다. 왜냐하면 비는 없기 때문이다. 비는 그 자리에 있던 사람에게만 있다. 우리가 접하는 비는 그 자리의 비가 아니라 그 자리에 있던 사람이 감상으로 치장한 비이다. 이는 그렇게 감상으로 치장된 비가 허상에 불과하다는 얘기가 아니라, 그러한 치장이 오히려 비를 은폐하고 가릴 위험이 있다는 얘기이다. 그리고 때로 감상의 덧칠이 벗겨진 자리에서 비 속으로 뛰어들었던 걸음은 그 자리에서 길을 잃고 만다. 따라서 우리가 비 속에서도 길을 잃지 않으려면 비에 젖어드는 것이 아니라 세상을 적셔갈 비를 스스로 만들어내야 할 것이다.

구름
먹구름

먹장구름
그
운명적 사랑으로
비를 만들고 싶다
눈을 낳고 싶다 —「공기의 꿈」 부분

그 생성의 비로 가는 길은 그간의 비에 대한 해체로부터 시작된다.

> 비를 곱게 찧어 가루로 만들자 〔……〕 비를 해체하는 유일한 길은 태양을 하루 종일 붙들어 매는 일이다 비를 살균하는 비를 해체하는 태양을 네 몸 안에 심는 일이다 〔……〕
> —「비를 해체하라」 부분

감상적 시각으로 치장된 비와 그에 대한 감염으로부터 벗어나는 길은 결국은 자신의 몸에 태양을 심어 비를 해체하는 것으로 시작된다. 그러한 해체는 궁극적으로 생성의 비로 이어져야 한다. 시인은 그렇게 하여 비의 앞에서 막혀 있던 소통로의 출구를 발견한다. 하지만 문제는 이러한 상징적 해답의 구체적 현장이다. 해체적 시각을 통하여 다시 구축되는 현실은 이찬의 시 속에서 비에 못지않게 빈번하게 등장하는 할머니를 통하여 이룩되고 있다.

할머니를 감상으로 치장하여 바라보면 "이 좋은 세상을 지고 있기엔 허리가 너무 구부정"한 할머니의 삶에서 서글픔 이상을 읽어내기 어렵다. "처녀 적 남편 잃고 외동아들과 함께 살"아온 내력이 보태지면 더더욱 할머니의 삶은 서글퍼 보일 것이다. 그렇게 살아온 삶의 끝에서 할머니가 거의 모든 시간을 홀로 보내고 있다면 우리의 시선에 묻어날 서글픔은 더욱 두터워질 수밖에 없다. 그러나 이찬의 시 속에서 할머니는 오히려 시인에게 심심하겠다고 한다.

> 할머니는 도리어 내게 심심하겠다 한다 여전히 놀아줄 장난감이 없어 심심하겠다 한다 아기가 없는 날 얼마나 심심할까 걱정하는 눈치다 집에 돌아오면 안아줄 장난감이 있어야 하는데 아직도 아기 없는 손주놈의 심심함이 너무 걱정스럽다 〔……〕
>
> —「할머니는 심심합니다」 부분

내가 주목하는 것은 이러한 시각이 세상을 보는 할머니의 눈을 할머니에게 그대로 돌려주고 있다는 점이다. 그러한 시각은 "할머니의 장난감"인 자신이 너무 커버림으로써 이제 할머니가 너무 심심하지 않을까를 생각하는 데로 이어져간다. 젊은 시선으로 재단하면 할머니의 삶은 노년의 서글픔 속에 갇히게 되지만, 이렇게 할머니의 시각을 할머니에 돌려주면 할머니에게로 향하는 길이 열린다.

할머니는 이제 나이를 많이 드셨다. 이제는 "죽고 싶다"고 공공연히 말하고 계시다. 이런 경우 보통 우리들이 발견하는 것은 종착역에 닿은 생의 슬픔이다. 그러나 어찌된 일인지 이찬의 할머니에게선 젊은 생명감이 일어서고 있다. 텃밭에서 일을 마치고 들어온 할머니의 밤에서 우리는 할아버지와의 만남으로 이어지는 젊은 생명감의 현장에 부딪치게 된다.

〔……〕텃밭에서 집으로 돌아오면 땀방울이 송골송골 맺힌 사무침이 이젠 뼈로 앙상한 가난한 몸을 씻습니다 오늘 밤 오랜만에 할아버지를 맞기 위해서입니다 그리움으로 마른 젖무덤과 사무침으로 굽은 허리를 살짝 보여주기 위해 찬물을 들이붓습니다 뼈에 부딪히는 물들이 쨍그랑쨍그랑거립니다 오늘 밤 할머니는 완벽한 누드입니다 오늘 밤 할머니의 누드는 밤새도록 할아버지에게 소곤거릴 것입니다 정말입니다

—「할머니의 누드」 부분

그러다 할머니는 평생을 "자신을 꼭꼭 묶어왔"던 "비녀를 풀어버리고" "한 사람에게 바친 순정을 싹둑 잘라"버린다. 할머니가 왜 그랬을까. 우리가 그 이유를 궁금해할 때, 손주는 그에 대한 대답은 외면한 채 할머니의 그 모습에서 소년을 보고 있다.

할머니는 이젠 상큼한 소년이 되었습니다 젊은 날 비녀도 풀어버리고 여자도 싹둑 잘랐습니다 여든의 몸이 까까머리 소년처럼 훤해졌습니다 여자도 남자도 다 버리고 해맑게 굽은 허리를 접는 할머닌 이제 죽음 앞에서도 당당합니다 〔……〕

—「할머니와 소년」 부분

아마도 할머니를 바라보는 그간의 감상적 시선에 계속 젖어 있었다면 시인은 할머니 속의 그 소년을 영영 만날 수 없었을 것이다. 우리의 시각으로 재단하며 머리를 자른 이유에 집착했다면 우리의 머리 속만 어지러웠을 것이다. 마음에 태양을 가진 자는 이제 그런 의문에 집착하지 않는

다. 그는 묻기보다 보려고 하며, 그러한 시선으로 할머니 속의 그 소년을 발견하는 순간, 이제 할머니에게 더 이상 생의 서글픔이자 마지막으로서의 늙음은 없다.

사회의 변혁이란, 또는 혁명이란 바로 이런 것이 아닐까. 우리가 꿈꾸는 변혁과 혁명의 궁극이란 이렇게 펼쳐지는 것이 아닐까. 어떠한 변혁이, 또 어떠한 혁명이 할머니에게 소년을 심을 수 있겠는가. 몸만 덩그러니 남겨진 실패한 혁명의 뒤에서 시는 이렇게 다시금 소통로를 잇고 있었다.

얘기는 마무리되었지만 한마디를 덧붙이자면 이찬은 할머니에 대한 자신의 시를 도둑질이라고 말하고 있다. 왜 그렇게 생각하는 것일까? 그의 시가 전하고 있는 내용이 할머니에게 내재하는 것이란 시인의 생각을 반영한 결과라고 생각된다. 할머니에게 내재하는 것이기에 그것은 할머니의 것이다. 때문에 시인은 그것을 드러내는 일을 훔쳐내는 일로 생각한다. 그러나 그 말의 저변으로 손을 넣으면 할머니의 것을 할머니의 것으로 돌려주고 싶다는 따뜻한 마음 씀씀이가 느껴진다.

3

나에게도 어머니가 있다. 어머니는 칠순을 바라보고 계시다. 여전히 일을 다니고 계시다. 아내에게도 어머니가 있다. 팔순을 넘기셨다. 여전히 집안일을 하고 계시다. 두 어머니를 바라볼 때면 종종 내 시선은 노년의 삶에 대한 슬픔으로 침윤되곤 했다. 하지만 오늘 두 어머니를 바라보는 내 시선 속에서 늙은 두 어머니는 젊은 생명감으로 새롭게 일어서고 계셨다. 시의 전염력은 놀랍고 경이로웠다. ▨